天津市哲学社会科学规划项目"天津当代诗歌论"(TJZW11-003) 成果

天津社会科学院学术著作出版补贴项目

天津市宣传文化"五个一批"人才建设资助

天津当代诗五家论

王士强 著

人民文学出版社

图书在版编目（CIP）数据

天津当代诗五家论／王士强著. —北京：人民文学出版社，2019
ISBN 978-7-02-015411-1

Ⅰ.①天… Ⅱ.①王… Ⅲ.①诗歌研究—中国—当代 Ⅳ.①I207.22

中国版本图书馆 CIP 数据核字（2019）第 154940 号

责任编辑　于　敏
装帧设计　黄云香
责任印制　任　祎

出版发行　人民文学出版社
社　　址　北京市朝内大街 166 号
邮政编码　100705
网　　址　http：//www.rw-cn.com

印　　刷　三河市宏盛印务有限公司
经　　销　全国新华书店等

字　　数　160 千字
开　　本　880 毫米×1230 毫米　1/32
印　　张　8　插页 3
版　　次　2019 年 8 月北京第 1 版
印　　次　2019 年 8 月第 1 次印刷

书　　号　978-7-02-015411-1
定　　价　45.00 元

如有印装质量问题，请与本社图书销售中心调换。电话：010-65233595

目　录

绪　论

天津当代诗歌的地位、特质及代表性人物

一

　　在迄今约百年的中国新诗历史上，天津或许算不上一个具有策源性、吸附性的中心区域，它缺少如京沪吸引各地优秀人才于一处的客观条件，也没有扮演过如巴蜀"揭竿而起"、引领风气之先的革命者角色，总体而言是比较平稳、不显山不露水的。但这并不代表它不重要，实际上，近百年来天津在中国新诗的探索与发展中从未缺席，涌现出了许多诗人与大量诗作，在低调、沉潜中为中国新诗、新文化的发展做出了自己不可或缺的贡献。

　　在新文学草创到新中国成立约三十年的时间里，天津的新诗活动与创作已较为活跃。这一时期天津的文学媒介比较发达——比如《大公报·文学》《大公报·文艺副刊》

《大公报·诗刊》《益世报·语林》《益世报·文学》等的存在——为天津的文学、诗歌发展提供了良好的氛围和便利的条件。与此同时天津也出现了许多新文学社团,如绿波社、现代文学社、海风社、野草文艺社、人生与文学社、天下篇社、文地社、三山文艺社等,他们自办的刊物《当代文学》《诗歌小品》《诗歌月报》《人生与文学》等曾拥有广泛的读者群,产生了一定的影响。从人员来看,邵冠祥、曹镇华、白莹、潘漠华、简戎、孟英、栗曼晴等作为天津本地或者外埠来津诗人,其创作均显示了一定的实力与个性。

新中国成立,文学进入"当代"时期,天津的新诗也呈现出了全新的面貌并具有可观的创作实绩。新中国成立之初的天津诗人既有解放区来津的如鲁藜、阿垅、孙犁、芦甸、方纪、劳荣等,也有建国后成长起来的年轻诗人柴德森、闵人、陈茂欣、冯景元等。鲁藜除诗人身份外还担任了建国初期"文协"的领导职务以及进入"新时期"之后文联、作协的领导职务,有着重要的影响。当然还有1953年自美归国的穆旦,他此后长期生活、工作于天津,"当代"的穆旦尤其以1976年创作的二十余首诗而在中国新诗史上留下深刻的印痕。新中国成立后诸如"反右""文革"等政治运动对新诗发展造成严重影响,许多诗人的创作活力受到严重压抑,这种状况到"新时期"得到了较大程度的改观和释放。"新时期"以来的1980、1990年代，天津诗歌呈现出繁荣、多元的发展态势，林希、伊蕾、许向诚、颜廷奎、宋曙光、王向峰、徐江、萧沉、刘功业、田晓菲等都以独创性、个性化的风格而产生了较大影响。到21世纪以来的消费社会、网络时代语境之中，诗人群体尤显庞大，诗歌的活力与创造性得到了进一步的释放，这一时期朵渔、君儿、李伟、图雅、罗广才、段光安、马知遥、季晓涓、岳兵、徐柏坚、王彦明、沈遇、鬼狼等都较具活力，体现了各不相同的诗歌追求与特色。近些年天津诗歌发展中尤其值得重视的是几种诗歌民间刊物的存在，比如以徐江为核心的《葵》，比如朵渔主编的《诗歌现场》，比如由罗广才主编、近年有较大影响的《天津诗人》（该刊虽系出版社公开出版，但编选理念、运作方式、资金来源等都是民间的），前两者追求美学上的一致性与纯粹性，后者则体现美学上的包容与多元。这三种刊物各有所长，但都具有较大的影响，一定程度上已经成为了天津的"诗歌名片"，这在很大程度上是可遇而不可求的。就当前的诗歌创作成就与水准而言，天津在全国的版图中至少可以说是不容小觑的，是可以与其他的兄弟区域相比拼、抗衡的，对于从地理版图来说并不大、政治与文化资源配置也不显要的天津来说，达到这一点实际上已非常难能可贵。

二

进入新时期尤其是近年以来，城市书写、都市意象在天津诗歌中较为独特，具有一定的典型意义，值得进行专门的观照。中国新诗与城市的关系非常密切，迄今约百年的新诗，其发生、发展是与现代中国巨大而艰难的历史转型相同步的。近百年的中国社会处于前所未有的"现代化"时期，这其中很重要的便是城市化、工业化、商业化，城市不但是各种资源集聚的中心，也是文化与文明形态的必然指归。对于农业文明长期占据主导地位、积重难返的"乡土中国"来说，在现代化、全球化的背景下，城市作为一种凝聚性和成长性因素，其重要性是怎么强调都不为过的。此种情形，正如美国学者詹姆逊在《文化转向》中所说："今天的世界体制趋向于一种庞大的城市体制——倾向于更全面的现代化趋势"，"城市改变了整个社会"，乡村"商品化"，农业也"资本化"了。就中国新诗中的城市书写而言，自新诗诞生之初到当下产生了许多有特色有影响的作品，城市承载了不同的文化想象，有的歌颂"力之美"，有的诅咒"恶之花"，有的视之为罪恶的渊薮，有的将其看做是欲望的天堂，有的自认是无根的飘蓬匆匆的过客，有的则如鱼得水乐以忘忧，如此等等，折射出丰富而复杂的文化态度与价值认同。就天津而言,在城市诗的书写领域,天津与更具符号化意义的北京、上海相比或许显得特色不太鲜明,但由于其自身文化发展和城市定位的独特性,仍然呈现了一些自身的特质。天津的城市诗书写在"现代文学"时期基本是零星发生的,总量不多,而且主要是泛泛地谈论都市、城市,很难说能构成独立的审美对象。这一现象在"当代"尤其是"新时期"有所改变。在"新时期",诗歌的生产力显然得到了极大的解放,"城市"作为现代化的载体,受到越来越多诗人的观照和书写。

天津在"新时期"的"改革文学"大潮中成就较高,出现了如蒋子龙这样引领一时风气之先的作家,而在诗歌领域,同样有类似的探索,当时被并称为"蒋冯"的冯景元便是一例。在 70 年代中后期到 80 年代前期,冯景元写作了大量的工业题材诗歌尤其是"钢铁诗",并在《人民日报》《光明日报》《人民文学》《诗刊》等重要报刊上发表,产生了很大影响。冯景元的这类诗大多激情澎湃、热情洋溢,表现了社会主义建设的红火景象,有着粗犷、豪放、大气、阳刚的风格。在这里,工业、钢铁无疑是对于城市和社会生活的描述与认同,也是对于现代化的一种想象。步入"拨乱反正""改革开放"轨道的中国,燃起了对于现代化的巨大热情,而经济建设、工业化显然是其中重要的组成部分,高楼大厦、人头攒动、激情满怀、高歌猛进成为人们对于现代生活、城市生活的一种典型认知。与冯景元类似，诗人白金这一时期也写作了大量的工业诗歌、工厂抒情诗，并结成专集《五月原野》《爱的呼唤》等。白金的这些诗主要是反映新时代，歌颂建设者，同样表达了奋起直追、阔步前进的时代性情绪，如其诗歌《天职》所写："绝不能再盲从那些空头政治，/不能再容骄夫，惰子，白痴。/什么是我们铸铁工人的天职？/火，让生命之火在宇宙飞驰。"这里面显然有一种现代性的焦虑，而这种焦虑同样反映了出现变革的可能性、重获"自由"的喜悦之情。就这一时期诗歌中的城市想象而言，城市主要是一种正面的、作为精神归属和价值依托的文化空间，它更多是一种单向度的存在，这也是与 1980 年代前期国人对现代性的单向度向往与追求的时代"共名"相一致的。

"新时期"文学的确经历了一个如复旦大学陈思和教授所说的从"共名"到"无名"的过程，简单地说，是发生了一个由主题突出、特色明显到价值多元、共生共存的转变。就天津当代诗歌中的城市书写而言同样如此，"新时期"之初是现代化之旅的"重新出发"，这一时期人们对现代化充满了单纯而热情的想象，"城市"在很大程度上代表了先进生产力与生产关系，代表了发展的方向。但是随着时间的推移，"现代化"本身也会暴露出很多的问题，人们此前的乐观不可避免地会显示出某种盲目性，这时，对"现代化"

的反思便会随之出现。此外,对"现代性"的反思本身也是现代性的内涵之一,这种反思无疑会赋予现代性书写更为复杂和多元的视角。故而,关于城市的书写在更为晚近、更为年轻的写作者那里,呈现了更多的向度和更复杂的内涵。如果说此前对城市文明的歌颂、向往是一种"主流"的话,那么现在则发生了逆转,主要是以对城市文明的怀疑、批判、疏离为主了。王丽华的组诗《三代人的春天》写了外公、父亲、"我"三代人从农村走向城市的过程,"城市"代表了对于美好生活的向往。但是,城市同样是一座围城,而今,"城市接纳了我,我仍感到孤单/夕阳照在城市宽阔的马路上/我却找不到可以喘息的瞬间","在这里发芽,却不能在这里生根开花",这种感受应该说是很有普遍性的。而在朱春生的《骑牛走过城市》中,直接写到了农业文明与城市文明之间的冲撞,这里面有对于现代文明的反思与批判,但更深层的则是一种黑色幽默与无可奈何。在更年轻的写作者那里,城市则呈现了一种多元并置、后现代主义的景象。如冯芦东的《八号精神病院》:"502 的房门没有关,深度镜片后面的鼠眼/用余光咀嚼闪电,拖着长长的尾巴和USB 接口/扫视病毒和乱码,你提醒他/那个健忘的中年男子,在电流经过躯体时/发出狂躁的震颤,以及设置在路口的警示灯/有很多身影慌忙地躲闪,纸团和冰雹破窗而入/过期的报纸遮住熟睡的面孔,在五楼的阳台上/和散步的猫撞个满怀";而在女诗人沈遇的《凶手在隔壁》中,城市则显得如此锐利、冷漠:"消防员救出火灾烧毁全身皮肤的女孩/卖建筑材料的李先生也住在隔壁/有个学生没有带准考证,他跳楼死掉了/他也在隔壁,不过是新闻的隔壁。"诗中写一栋楼所住的"隔壁"有着各不相同的工作,他们中有的卖甲醛超标的家具,有的贩卖以毒饲料饲喂的鸡,有的运输质量低劣的建筑材料,这些人现实中并没有太多的直接关联,但总体地看每个人都是受害者,同时又各自构成了互相加害的"凶手",这种对城市生活的书写既是写实的又是隐喻的,尖锐而富有见地。我们看到,这里的城市镜像,更多是一种欲望、消费、价值多元、去道德化、无深度、碎片化的城市,其中所体现的文化内涵,与"新时期"较早时候已经有了很大的不同。

天津是一座有较深文化底蕴的城市,虽然在现代化的强势覆盖下,文化传统不可避免要受到冲击,许多的文化形态甚至面临灭绝。但在诗歌中,仍然有不少或隐或显对于天津文化的表达,一定程度上起到了薪尽火传的文化传承之功。这其中如闵人的《海河谣》、黄桂元的《哦,"五大道"》、鲍和平的《名河畅想》等,均是对某些天津"地标"的书写,这些地标既是地理、现实意义上的,也是文化意义上的,写出了天津这座城市更为内在的历史蕴涵和现实特征。此外,近年以来,天津城市定位的转变和经济发展的加快，也在诗歌创作中得到了体现，比如许向诚的《保税区写意》《开发区纪实》、卢瑞生的《大港风》、胡元祥的《电杆颂》、孟宪福的《老海新歌》等。这样的书写符合当今时代发展的主题和"主流"，在当今的文化生态中也是重要的组成部分。大致而言，与中国社会的现代化转型密切相关，天津当代诗歌中的城市想象从早期比较单一的对工业化、城市化的向往，到对城市的爱恨交织、复杂纠结，从前现代性、现代性到后现代性，从整体性、统一化到碎片化、去意义化，从对传统文化的重新发现，到对传统文化的守望与缅怀……经历了一个嬗变、弥散的过程，其内在是颇为复杂、丰富的。

近年来，天津诗歌关于城市的书写数量很多，体现出新的变化，其中较为明显的是都市意象和所呈现的空间美学。无疑，"现代化"仍然是当今时代中国的主题，现在——以及未来不短的时间之内——我们国家都会处于从"乡土中国"向"现代中国"转化的过程之中，城市化的比重将越来越高，城市人口将越来越多。在这一历史性进程中，关于现代化、现代性的想象在城市书写中占有重要的位置，诸多的工业化、商业化、城市空间、现代交通等意象大量出现。比如高柳的《工人》诗中"颤动的机器"意象："换上工作服/脚步踩着太阳的鼓点/响到岗位/抚摸着颤动的机器/依如守候着爱人/滚烫的心跳""一把焊枪把信念焊得很实/一台车床把梦想车得很亮""一双粗糙的手/把一种力量凝成歌曲";比如黄宝平诗中的"港口"意象:"低空的云朵像簇簇白帆/天也蓝蓝,海也蓝蓝/在海天交汇处,你临风伫立/吞吐日月星辰,集散五洲云烟";比如鲍和平的《名河畅想》中现代海河的意象:"一条包容四方的海河,/将随着天津的发展承载更多的使命;/一条风云际会的海河,/将是天津新的形象;/一条返老还童的海河,/将是拉动天津前进的绳缆"(《港口》);比如温度诗中作为"现代化"与"远方"象征的"火车"意象:"坐上梦想的火车旅行/去北京 去西安 去上海,到每一个/有阳光的地方""与她们,与陌生的城市和人群一起呼吸/并且一定要告诉她们的/我现在万分激动的幸福/我坐着蓝色的火车/从遥远的北方憧憬着 歌唱而来"(《蓝色的火车》)……这样的书写无疑是具有时代特征的,它表达了中国这样一个"后发现代性"国家对于现代性的追求与想象。这是当今社会生活的主导方向,是文化发展所需要经历的阶段和所需要面对的对象。

当然,诗人们对于"现代化"的态度绝不是如此单一向度的,而是丰富、复杂甚至暧昧的,其中也包含了对其的反思、审视、忧虑。比如鬼狼笔下的"垃圾场"意象:"从楼顶望向不远处/垃圾场/一片片/白色/灰色/蓝色/红色/黄色/黑色/少年拾荒者的清晨/躬身/忙碌/嵌入泥土般/不知这世间最美的金黄/就要与他/擦肩而过"(《七彩垃圾场》),

都市生产了丰富的物质奇观,同时也制造了巨量的冗余和废弃物,一定程度上现代都市本身即是一个巨大的垃圾场,这是现代生活所不可避免的另一面。在这样的垃圾的包围中,人们的确已经离自然、本真越来越远,已经没有闲暇和心情去欣赏"世间最美的金黄"——日出了。这首诗表达了对现代城市文明的反思,有着明晰的主体立场。而康蚂在《鲨鱼往事》中,将肇事的汽车转化成了"鲨鱼"的意象:"马路荒芜/交警下班/哥哥回家/经过一个路口/被一群鲨鱼/包围/那些鲨鱼/狞笑着/撕扯着/他瘦小的/身体",而在这之后,"我哥哥/把灵魂/扔进了/下水道/把自己的尸体/变成/一只鲨鱼/愤怒地/冲向了/那些/肇事的卡车",鲨鱼的意象标示了现代生活所带来的某些不可避免的负面因素,这其中俨然冤冤相报、恶性循环,几乎是一种无解的死结。诸如此类的意象呈现出了都市生活的不同侧面,体现了人们对之的复杂态度。

现代城市的发展一方面带来同质化,所有的城市似乎都大同小异,抹平差异、消泯个性、"去地方化"。越到近年,关于天津的书写在很大程度上已经基本体现不出所谓的"天津特色",民风、民俗等的因素虽然并未完全抹去,但无疑已经退居到了比较边缘的位置,关于天津这座城市的书写一定程度上也是关于所有城市的书写。而另一方面,城市书写所带来的异质化也非常明显,也就是说,城市作为一个无所不包的所在,内部包含了诸多异质性、矛盾性的因素,混搭、并置、冲突等在所难免。在这样的情况下,城市必然呈现出某种独特的空间美学。周福利的《星巴克的午后》写出了其中美好的一面,这是咖啡馆中的一个场景:"独自坐在透明的玻璃窗边/拿铁在一点点变冷/街上没有行人/没有风/飘动的悠长的乐曲/缠绕在我的指尖/对面舒服的沙发上/是一个身穿波西米亚长裙的姑娘/长发遮挡住她半个面庞/柔柔地垂在她手中的书上"。而冯芦东的《八号精神病院》所写则主要是城市空间中负面的因素,呈现的是"精神病院"中的场景:"那个健忘的中年男子,在电流经过躯体时/发出狂躁的震颤,以及设置在路口的警示灯/有很多身影慌忙地躲闪,纸团和冰雹破窗而入/过期的报纸遮住熟睡的面孔,在五楼的阳台上/和散步的猫撞个满怀,⋯⋯""你焦虑得开始颤抖,呼吸变得急促,心律失常/并且伴随痉挛,你固执地认为身中剧毒/大把大把地吃下五颜六色的药片,并且说/这是你最后的粮食⋯⋯"这两种空间所体现的美学旨趣大异其趣,但却都是真实、有效的,一定程度上代表了都市空间的两个极端。

都市在当今给人更多的是一种压迫性的存在,个人在其中是渺小的、迷失的、焦虑的、痛苦的、绝望的⋯⋯其中既有现代主义的文化体验,也有后现代主义的文化体验,确切地说,其中的现代主义和后现代主义是交融混杂的。封原的《城市监察员的总结报告》中城市里的人们互相成为"人质与劫匪":"城市里／人们／围成巨大的圈子／掏出枪／一个顶住另一个的脊背／就这么威胁着／没有谁／更值得怜悯／人质与劫匪／在此已毫无区别／分不清开端与终点／用枪口的冰凉连接着／城市／一个人圈／／像上帝头上的光环",这其中颇有"他人即地狱"的意味,无疑是对于都市生活的一次冷峻的审视与发现。许多诗人对城市空间有类似的书写,比如李伟对被格式化的城市的发现:"画面被正常切割／一排排灰砖楼／像营房中／折叠得整整齐齐的被角"(《三月二十三日晨,窗外》),比如冯芦东所写"在城市的某个角落,说唱歌手满嘴脏话",但却"比城市要干净……"(《躁动的雨夜》),比如冯磊所写"城市森林里我用兽皮裹紧自己"(《两年前》),比如蒙建华的《城迷》写出了个人在城市中的"迷失",都堪称独特而有力,对都市生活的美学空间及其内在特质有所揭示。可以说,天津诗歌中关于城市的书写颇为丰富而深刻、多元:一方面是差异性的消失、去地方化、"个性"逐渐消泯,另一方面则在内部充满异质性和紧张感,包含了丰富、歧异的都市意象,体现了独特的空间美学,这其中有着前现代、现代、后现代文化因素的交织并置,同时也显现着今日中国文化转型过程中的时代性印痕。

三

天津当代诗歌的成就很大程度上是与其最具代表性、创作水平最高的诗人密不可分的。本研究拟选择若干高端个案来进行探讨,选择的标准一方面是艺术上的独创性、个性化,美学标准优先,仅仅体现时代性特征、没有鲜明的诗歌美学追求的诗人不予考虑。标准的另一方面则是创作实绩与影响力,须在全国乃至国际具有一定影响而不仅仅局限在"天津"范围之内。依上述的标准以及篇幅容量、客观条件等多方面因素的考量,本书确定的主要研究对象为鲁藜、穆旦、伊蕾、徐江、朵渔五位当代诗人。下面对这五位诗人约略述之:

(一)鲁藜,1914 年生于福建同安,幼时随家侨居越南,1932 年回国,1938 年到延安。鲁藜于 30 年代中期开始创作,40 年代成名,因其代表作《泥土》而被称为"泥土诗人"。新中国成立后任天津文协主席,1955 年起被卷入"胡风反革命集团",长期被打入另册。1979 年复出,此后任天津市文联副主席、作协副主席等职。"新时期"仍笔耕不辍,1999 年去世。他的诗有着明显的"左翼"色彩,关注普通民众的生活和疾苦,坚持"人民"立场,体现着鲜明的热爱祖国、热爱人民、追求真理、追求公义以及"革命现实主义和革命浪漫主义相结合"的特点。

（二）穆旦,1918 年 4 月生于天津,1935 年考入清华大学外文系。抗日战争爆发后,随校徒步远行至昆明西南联合大学。大学期间开始真正意义上的现代诗歌创作,毕业后留校任助教、参加中国远征军进入缅甸战场等。1949 年赴美留学,1953 年回国,任南开大学外文系副教授。此后在政治运动中受到冲击,调南开大学图书馆工作,在困难中坚持文学翻译。1976 年 3 月右腿骨折,后长期受腿伤困扰,1977 年 2 月因心脏病突发去世。穆旦进入"当代"时期主要在 1957 年和 1975—1976 年有诗歌创作,他在生命晚期所写的一系列诗歌臻于化境,将理智与情感、认知与体验、诗与思完美地结合起来,既是对其 1940 年代现代主义写作的承继与超越,同时对于新时期以来的现代主义诗歌写作也具有重要的象征和启示作用。直到去世多年穆旦的作品才得到真正的理解与认同,其诗歌史的地位不断上升,甚至被誉为"20 世纪中国诗歌大师第一人"。穆旦为天津乃至中国的当代诗歌带来了非常宝贵的财富,目前对其的研究实际上还远远不够。

（三）伊蕾,1951 年 8 月生于天津,1969 年赴河北海兴县乡村插队务农,当过铁道兵、钢铁厂工人、广播员、电影放映员、新闻干事,做过《天津文学》编辑、《天津诗人报》主编等。1974 年开始发表作品,1985 年加入中国作家协会。

1984—1988年在中国作协文学讲习所（鲁迅文学院前身）、北京大学中文系作家班学习，曾获庄重文文学奖等。90年代后在莫斯科生活多年，从事中俄民间文化交流，亦进行绘画等艺术活动，2018年7月在冰岛旅游时因病去世。伊蕾与中国诗歌的关联主要在1980年代。伊蕾在是时写下了大量具有理想主义特征、浪漫主义与现代主义相结合风格的作品，她的作品热情奔放，充满了对爱对自由的追求，以及对于疼痛、对于压迫的愤怒与呐喊。由于鲜明的性别立场、表达尺度较大等，她的诗一度引起热议。1990年代移居俄罗斯后，个人兴趣转移，主要不再从事诗歌写作，但其虽然为数不多但风格独异的作品已经足以进入诗歌史之列。

（四）徐江，1967年生于天津，1985—1989年就读于北京师范大学中文系，曾为中学教师，后辞职从事个体写作，涉猎较广，主要包括诗学评论、影视评论、文化批评等，出版著述多种。近年在天津社会科学院出版社从事图书出版工作。徐江自90年代进入诗坛，是"民间写作""口语写作"的代表性人物，其关于"新诗"与"现代诗"的系列论述颇为系统、独到，在当时产生了广泛影响，其诗歌以口语、反讽、本真、解构见长，他的诗为开拓和延展口语的表现力、活力而做出了有益的贡献。

（五）朵渔，1973年生于山东菏泽，1990—1994年就读于北京师范大学中文系,后定居天津。朵渔于1990年代中期开始写作,为"70后"代表性诗人。在诗歌写作之外长于文史随笔,出版著作数种。近年亦从事图书出版,主持共同体出版工作室。作为近年来有较大影响的70后诗人,他诗歌的及物性与现实感,他写作的知识分子性与思想性特征,他的勇气与自审意识等,使其成为同代人中少有的显出独特的精神立场和深厚的精神底蕴的写作者,其诗其文均受到了广泛赞誉。

这五位诗人中,鲁藜、穆旦是两位从"现代"走入"当代"的诗人,他们分别出生于1914年和1918年,其诗风和走过的道路可谓迥异。另外三位均出生于新中国成立之后,其中伊蕾于50年代出生,徐江是60年代出生,朵渔则是70年代出生,从作家的年龄和世代的角度来说至少可以分为三代,他们生存的环境、生活的经历各不相同,写作取向、风格也各有差异,很难——也没有必要——为之找寻出若干统一的特征。如果说有共同之处,他们都是在不同的方向上探索着中国当代诗歌的边界与可能,为当代诗歌的繁荣与发展做出了各自不同的贡献,殊途而同归于"诗之为诗"的本质与核心。从鲁藜、穆旦、伊蕾、徐江、朵渔的创作中,我们可以从一个侧面了解中国当代诗歌所走过的道路和所达到的成就,我们也可以看到,就天津而言,其之于中国当代诗歌的版图并非无关紧要。当然,有必要说明的一点是,由于各种主观客观条件的限制,本书将观照的焦点限定为目前的五位,这并不意味着其他诗人就不重要或者不那么重要,实际上仅就我的观察范围而言,与这五位诗人创作水准和影响力相当或者稍逊之的也有不少,只是由于个人的原因和时间、精力等因素的影响而未能收入其中,期待以后能以另外的方式继续从事这方面的相关研究。

第 一 章

鲁藜:"泥土"精神与"人民"立场

诗人鲁藜(1914—1999),原名许图地,亦署鲁加、鲁家、许望等,出生于福建同安。幼时家贫,三岁时随全家侨居越南西贡市,做过面铺学徒、小商贩、码头磅手等。1932年护送年老病重的父亲返回故乡,父亲病故后入集美乡村师范实验学校就读,在厦门《江声报》发表散文《给母亲》,开始接触共产党地下组织。1934年逃亡上海,1936年加入中国共产党,其时开始文学创作并发表诗歌、散文、评论等并加入"左联"。1938年到延安并入抗日军政大学受训,参加延安著名的诗社"山脉诗歌社"并摸索一种"倾诉衷曲的质朴的诗风",其创作的《延河散歌》以清新优美的诗风讴歌解放区,发表于《七月》而产生较大影响。"抗大"毕业后到陕甘宁边区文化协会工作,转战于华北敌后抗日根据地。1942年延安文艺整风后,在鲁迅艺术学院中文系任教,1943年7月其诗集《醒来的时候》作为"七月诗丛"之一种在桂林出版。抗战胜利后在晋冀鲁豫边区文联、北方大学文艺研究室文学系工作,1947年参加解放区土改工作队,诗集《锻炼》《星的歌》分别在1947年9月和1948年7月由上海海燕书店出版。1949年随军到天津,任天津市文学工作者协会主席,主编《文艺学习》月刊,这一时期其创作进入一个高峰期,短短几年出版诗集《毛泽东颂》《英雄的母亲》《时间的歌》《红旗手》和中篇小说集《李村沟的故事》等。1955年6月后受到所谓"胡风反革命集团"的株连,被迫停笔,参加农业劳动,遭受长时间的不公平待遇。1979年恢复工作,1981年天津市委作出关于撤销鲁藜被错划为"胡风反革命集团骨干分子"的历史处分,得到平反并重返文坛。此后任天津市文联副主席、作协副主席、天津市侨联名誉顾问、中国作协名誉顾问、《诗刊》编委等。"新时期"以来,出版诗集《天青集》《鹅毛集》《鲁藜诗选》等。1999年因病逝世,享年85岁。2004年,收录其较全作品的四卷本、百余万字的《鲁藜诗文集》由作家出版社出版。

鲁藜既是一位著名的诗人,同时也是一位重要的文艺工作组织者和领导者。他的诗在1940年代即产生了较大的影响,形成了自身的品格并奠定了一生的基调。在中华人民共和国成立后的1950年代中前期,他以极大的热情和磅礴的激情投入到对新中国的讴歌之中,此后由于政治运动的席卷而有二十余年的创作空白。进入"新时期",他又重新恢复了诗人的"身份",创作了大量作品,在 1980 年代以至 1990 年代均笔耕不辍,而此时他的创作与"朦胧诗""第三代诗"之间也构成了颇富意味的对照和呼应。鲁藜其人其诗,均构成了一个非常独特的个案。

第一节　三四十年代:"泥土"诗人的形成

鲁藜开始创作的年代,正是中华民族内忧外患、处于"亡国灭种"危急关头的时刻,他的诗从一开始便是与时代现实、与民族国家的命运息息相关的,是"为人生"、充满"血与泪"的。尤其是,由于自己出身"低微"、颠沛流离,他天然地是与底层民众在一起的,与底层民众心息相通,他的诗有着明显的"左翼"色彩和人民立场,这在他的诗歌中是一以贯之的,是他一生诗歌的主线和基本立场。

救亡图存是鲁藜开始写作时期的时代主题,他自己的诗歌创作也必然地高度融入到了这一时代主题之中,他的诗歌从一开始就有着较强的"战斗性",以期发挥"匕首投枪"的功能,产生实际的、现实的功用。写作于 1936 年的《激流》中写道:"——向前冲呵! /——向前冲呵! /懦弱的变为倔强的民族好汉,/陌生的在臂上结了生死的同盟;/在尖锐的时代的激流中,/跳跃着我们最纯洁而年轻的生命!""黑的头颅顶着愤恨的天,/歌声荡碎黄昏落寞的都城,/血泪混淆着瀑布般的掌声,/唤醒废墟上英勇的牺牲者的心!/——我们要争取最后的胜利!/——我们要争取最后的胜利!"这里面既体现着时代的、政治运动性的"激流",同时也体现着属于一代青年、属于作者自己的内心的"激流",两者之间有着一种共振与共鸣,因而发出的也是一种战斗式、高分贝、高强度、快节奏的"强音"。写于1938年的朗诵诗《想念家乡》体现了对家乡、对祖国的深厚感情,在抗战的大环境之中,无疑是有着较强的"社会动员"作用的:"谁抢去了我的家乡?!/谁使我成了无家可归的流亡?!//说不出我心头的仇恨,/说不出我心头的苦痛。//江水呵!你说出我的愤怒,/江水呵!愤怒像你一样汹涌!//我没有眼泪,/我的眼泪不再为悲痛流,/我没有声音,/我喊哑了我的喉咙;/我要叫唤着我们的祖国,祖国,/我要去炮火猛烈的战场,战场,/为着祖国,/为着家乡,/我再不能天天的哀伤,/我再不能长期的流亡!"鲁藜这一时期的诗往往简单、直接、明快,现实性强,有战斗性,且多押韵,朗朗上口,易于朗诵、记忆和传播,从美学形态而言与"左翼文艺"的规范是高度一致、合拍的。著名作家、"七月派"核心人物胡风为鲁藜40年代初的诗集《醒来的时候》写下过如下的推广语:"天真的诗,沉醉的诗,美梦的诗,但诗人底天真、沉醉、美梦……是发芽于最艰苦的斗争里面,发芽于最现实的战斗者的坚韧不拔的心怀里面。诗人的歌声打开了我们更爱人生也更爱斗争的灵魂的门,从他,许多年青的诗人被启发了诗的灵感。"①这里面所指出的"艰苦的斗争""现实的战斗者"等的特质,的确是鲁藜诗歌中的突出特征,他是来自生活深处,来自斗争的一线的,是具有高度的现实性和大众性的,这样的作品在当时的解放区文学中是具有高度一致性的,而同时,它又是具有历史延续性,既是新中国成立后成为占据主流地位、唯一具有合法性的文艺规范,同时也是鲁藜文学创作中一以贯之、延续数十年的关于文学的核心理念和追求。

这一时期鲁藜的诗体现着一种青春品格,这一方面和他个人的生理阶段是相契合的,正值二三十岁青春年华的他,对于未来、对于生活充满了向往和想象;而另一方面,同时也更重要的是和他所处的解放区的环境有关,无论是从社会环境、政治环境、人文环境,解放区都提供了一种具有广阔前景和生长性的可能,提供了一个具有极强向心力的环境。生活在其中的人们是有信念、有信仰、有希望、有盼头的,其所呈现的精神面貌也是积极、昂扬、乐观、向上的。虽然现实中有这样那样的困难,但这一切均是暂时的,是可以克服的,而"明天"无疑会更好,梦想会成真,理想会实现。虽然战斗的过程中会遭遇挫折,会有牺牲,但是正义必

①　转引自绿原:《〈鲁藜研究文粹〉序》,见王玉树编著《鲁藜研究文粹》,天津社会科学院出版社 1990 年版,第 3 页。

将胜利而邪恶终将失败,即使有"牺牲"也是值得的、有价值的。由此,这一时期的诗歌也多是短小精悍、贴近现实,具有革命性和战斗性的。如直接描写战争生活的《夜行曲》所写:"夜,静极了/像坚固的砚台一样呀""夜呵漫漫无尽的/我们走,又是像没有底似的/向前面去/我们要通过黑夜""呵,走呀/向前面去/向天亮的地方去/在路上/有先进者留下马蹄的痕迹/在路上/有我们的同志洒下的血滴/夜,已经接触着黎明了/晨星已经升起来了",这里面的"夜"显然是一个隐喻,黑暗与光明的对照喻示着现在与未来,由于有了光明的未来,而今所遭遇的所有困难都不再重要,而是成为了通往目标、通往目的地的一个阶段和手段,由于有了不在场的"未来"维度,这一时期的诗歌必然地具有了乐观、明亮的色彩,同时也具有了革命现实主义和革命浪漫主义相结合的特征。正如胡风在为鲁藜诗集《星的歌》所做的"跋"中所写:"我爱这些诗,它们使我得到了欢喜,汲取了勇气。它们是从人民底海洋、斗争底海洋产生的,但却是作者用着真纯的追求所撷取来的精英。这些谐和的乐章所带给我们的通过追求、通过搏斗、通过牺牲的,艰苦但却乐观,深沉但却明朗的精神境地,不正是这个伟大的时代内容底繁花么?"①

---

① 胡风:《跋鲁藜底〈星的歌〉》,引自王玉树编著《鲁藜研究文萃》,天津社会科学院出版社1990年版,第31页。

从其现实指向、现实功用的维度，这些诗是现实主义的，而从精神面貌、表现手法来看，这些诗又有着更多的浪漫主义的成分，两者在革命性的统摄下实现了更高层面的统一。《今天，我想起》表现了对于所从事的革命工作的热爱，对于"党"的感情以及未来"民主自由"新中国的向往："我永远爱工作/爱我的党和我的伙伴//我交出我的青春/给我可爱的祖国"，"北方"是解放区，这时"北方是可爱的/这里没有悲哀和眼泪/这里有民主自由/人民在斗争里愉快地生活/空气、粮食、水/融合着党的光辉"，而"南方"则仍处在水深火热之中，尚待"解放"，因而"我要到南方去/我要带着北方的种子/播到南方黑色的土地去"，展现了较强的革命精神和政治觉悟。《黎明的信号》写出了抗战胜利后人们的欢乐以及对于美好生活的期待，"啊，兄弟们/姐妹们/让我们紧紧拥抱/让我们热烈的相爱/让我们生命溶结在一起/让我们举起这生命的火把/更高的举起这血的火把"，充满着乐观、激情与豪迈。继而，诗中写道：

让我们行进吧

兄弟姐妹们

向海洋，天空，大地跃进吧

把那同志流血的地方

造成新民主主义的花园

把那人民受难的地方

播种着自由和幸福

把那尚被阴雾遮盖的角落

让火种在那里萌芽

把那未开垦的每一寸国土

让它也繁殖起真理的火花

这种对于未来的乐观期待在当时无疑是具有普遍性的，也是具有感染力、能够引起共鸣的。与此类似，发表在1945年10月24日《解放日报》上的《让和平民主的时代开始吧》则表达了对于毛主席的崇敬、热爱与对于"新中国"的期待："我们的毛主席，我们的太阳。/看见了他，我们的心开满了花朵，/看见了他，我们的血感到温暖；/我们的毛主席还是那么健康，/他的声音永远是那样温和又热烈，/像延河的水一样的清明又雄浑，/永远川流不息的智慧啊！/永远灌溉着丰饶的土地，/永远滋润着劳动者的生命，/永远发着光泽，/永远在波动着祖国和世界，/永远在呼唤着和平民主的新时代，/永远在预示着一个更幸福的未来啊！"诗的最后写道："让古旧的祖国，奴隶的祖国从今天死去吧！/让独立、自由、民主、富强的新中国来到吧！"从历史演进的历程来看，这无疑是较早、有些超前的，显示了诗人的睿智与敏锐。这里面显示了时代共名与个体情感的高度和谐与共振。发表于1946年7月《北方杂志》的《毛泽东颂》则是对政治领袖毛泽东的书写，应该看到，这一时期对政治领袖的书写实际上不仅仅是对其个人,更重要的是对一种社会形态、价值理念的认同,与此后一些作品中的个人崇拜、"造神"还是有所区别的,其作品的价值意义也是不同的。正如诗中所写:"毛泽东,没有任何时代革命的领袖可以比拟,/在他的身上,贯穿着人民的思想,/人民的精神,人民的意思,人民的希望;/中国工人阶级,中国的农民大众,/从他感到光荣和骄傲。/当一个人的生命和人民联结在一起,/他就发出雄伟的光芒;/中国的荒凉与苦难的年代,/出于他,点燃了黎明的火炬。"他回顾了中国革命的历程,指出:"真理的火是扑灭不了的,/通过那中国黑暗的年月,/经过那大革命,内战,抗战,/不怕从那里来的轰雷,闪电,冰雹,/不怕从那里来的狂风,暴风,邪风;/毛泽东,他高高擎握着真理,/永远为我们前进而前进。"诗中认为"毛泽东大路"是"宽阔的",而"毛泽东的旗帜就是胜利的旗帜!!!",这样的诗具有较高的政论性,可以说是特定历史时期的产物,它属于特定的历史青春期,但应该看到,这里面同样体现着历史必然性和对历史"大势"的前瞻与把握,是发自内心的、真诚的,是有着内在的情感基础和价值支持的,就此而言,这样的书写本身是有着丰富的诗性空间的,人、诗、历史在这里是高度统一的。

构成了他身份标签的代表作《泥土》发表于 1945 年,全诗四行,共三十八字,却有着丰富的内涵,也成就了鲁藜

"泥土诗人"之名：

> 老是把自己当作珍珠
>
> 就时时有被埋没的痛苦
>
> 把自己当作泥土吧
>
> 让众人把你踩成一条道路

这首诗最为鲜明地体现了作者的"立场"。显然，"泥土"是一种"低"的姿态和立场，自视甚高、把自己当做"珍珠"，现实往往并不能如愿，因而时常会有"被埋没的痛苦"，而相反，把自己当做泥土，却可以为社会做贡献，成为大众脚下的一条道路。这里面典型地体现着一种奉献、牺牲、集体主义的价值观和意识形态。概而言之，这是一种普通人、普罗大众的立场，同时也是符合当时文艺规范的"工农兵"的立场，在救亡图存的大的背景之下，社会的方方面面的力量都要动员、聚合到中心工作和中心任务中，因而需要个体的付出、奉献，形成合力，以集中力量干大事。在这样的情况下，个体自然需要低一点，作出一些牺牲，否则很容易形成内耗、四分五裂、分崩离析的局面。而鲁藜的《泥土》所体现的，正是一种个体服从集体、为集体服务的精神。他在晚年回顾、介绍和阐释《泥土》的短文中说过："《泥土》是 1942 年春，我在敌后根据地写的一首小诗。有许多类似这类所谓哲理诗,都是我在生活里随时随地作为自我鞭策而记录下的感怀。""1942年,正是我从幼年就长期在海外漂泊而归国的第十个年头,也是我追随祖国的先进者参与土地革命斗争与民族解放战争的十年。我虽然是劳动者家庭出身,我自己也是独立劳动者,但人不是抽象的存在,是有血有肉有思想的,那来自旧世界旧社会的所谓小资产阶级知识分子的个人主义意识是根深蒂固的,总会在人民大众的革命历程中或多或少的发生内心的冲突与矛盾,有时甚至是非常剧烈与苦痛的。但是依靠先进者伟大的集体智慧,依靠先进的世界观,人生观,特别是自我的灵魂反刍,将痛苦咀嚼、熔炼、凝结为智果。《泥土》就是我在那个染血的岁月和艰难的道路上,留下的小小的一点心迹。"①这里面所写的实际上是贯穿鲁藜人生始终的价值观和态度、立场。在这一时期的另一首诗《星的歌》中,鲁藜写道:"我是一颗小小的星/我有很多纯洁的姊妹兄弟/我喜欢他们,我爱他们/我在孤独的时候就怀念他们/我知道,我和他们在一起的时候/我才感到快活,才感到美丽/我的光亮和他们的光亮/联在一起,世界就永恒地流着理想的河",这里面的"星"所体现的特质和"泥土"可谓异曲同工,他们都是一种不起眼的、渺小的存在,但是虽然微小,"联

---

①　鲁藜:《关于〈泥土〉》,遗作,发表于2000年3月6日《天津日报》"文艺周刊"。

在一起",就有了力量,就不再消逝和衰亡。这实际上同样指向了集体、组织,或者说,指向了人民。个人的力量终究有限,个人只是一滴水,只有找到"组织",只有在人民中间,一滴水才来到了海洋,才有了价值归属和永不消失的可能。

第二节 "新中国"成立初期:汇入时代的合唱

1949 年 10 月 1 日,中华人民共和国成立。对于鲁藜这样 1930 年代就来到了延安的老革命来说,这不但是伟大的胜利,而且同时也是理想的实现,呼唤已久的"新中国"终于来到了他们面前,他们迫不及待地拥抱新社会、讴歌新社会,与新社会之间毫无隔膜,完全可以无缝对接。在这一时期,鲁藜创作了大量诗歌,汇入到了时代的合唱之中。与很多来自"国统区""沦陷区"的作家面对新的文艺规范需要经过一种艰难的调试、剧烈的冲突和方向性、根本性的转变不同,鲁藜的写作基本是在原有写作范式和路向上的继续前进,他的写作所体现的是连续性而非断裂。当然,这样的写作本身又是与政治形势高度相关的,他这一时期的写作到了 1955 年不得不中止,由于此后的"胡风案""反右""文革"等一系列政治运动的展开,鲁藜不由自主地被卷入历史漩涡之中,他的创作生涯不得不产生了长时间的断裂,重新拾起诗笔,已经是二十余年之后的 1970 年代末了。

　　写于 1950 年的《我们是世界上最富有的》典型地体现了鲁藜对于"新中国"所选择的道路的态度:"我们是健壮的/向前走,向前看/我们的道路是宽阔的/我们走的是人民的道路//我们是强有力的/任何仇敌所打不倒的/也许常常要挨着从黑暗袭来的打击/但是,恰好把我们变成钢铁",正是因为是"人民"的道路,所以它是富有生命力的,是宽阔的,前途远大的。写于 1954 年的《人民,时代的巨人——献给第一届全国人民代表大会》集中体现了他对于"人民"的理解,这实际上也是他诗歌创作人民立场的集中体现,因为其中的"人民"是颇为丰富、形象的,而不是完全政治化、理念化的,比如其中"不能征服的/是你/无敌的/是你/粉碎反动政权的/是你/使无数王国像灰尘散失的/是你/让一切暴君像落叶一般颤栗的/是你",这是对人民力量的肯定。"人民/是你/来自曾经是一条穷困而无名无姓的小河边/是你/来自童年时代枯苦无望的忧郁的田野/是你/来自曾经黯淡无光的厂房/是你/来自曾经只有马兰花装饰的沙漠/是你/来自人们像牛马一样生活着的码头上/是你/来自父母曾经流离失所的大路上",正是这样的一些人民,"今天站在最高的地方/举起千千万万双手/举起各色各样的手",是他们选择了中国共产党,选择了新中国的发展道路。无疑,如果没有对于人民的深厚感情,作者是不可能,也列不出如此多的"人民"的。正是由于如此细致、不厌其烦的罗列,"人民"才不再是一个空洞的政治概念,而具有了具体所指和实际内容。

"祖国"同样是鲁藜这一时期诗歌的关键词,他在《向祖国致敬》中写道:"祖国/我生长的土地/今天,让我/用孩子一般纯洁而温暖的目光/向升起在你的高空底旗帜致敬";他从自己的经历,从过去与现在的对比来写:"我/一个公民/一个从旧社会的下层里走来的公民/一个在迎接着社会主义的光辉时代的公民/我每天都惊喜交集/我每天都要歌唱//我从前经过一片荒野/现在洋溢着稻香/我从前走过一座灰暗的古城/现在高举着烟囱和电光/我从前度过许多没有星光的岁月/现在我看见幸福的红星照耀每一个窗户""我/一个公民/一个曾经流浪在异国码头上的公民/一个深尝殖民地人民命运的公民/今天,让我/用一切光荣的声音/向祖国致敬/向突飞猛进的强大的祖国致敬",这里面由于"我"的代入而同样能够让读者产生移情和共鸣,使得诗歌表达的内容没有流于概念化和理念化,具有较好的效果。鲁藜在谈关于个人情绪与时代情绪的表达时说过:"因为诗,如果不通过作者的情绪过程,那就写不出来;而这个情绪过程,却正好是反映着我们的客观事件的。这是个人情绪和时代情绪一致的东西。作为一个知识分子,在这样一个基本观点上,来表现、来赞美、来歌颂人民的复杂的生长过程,工、农、兵在摆脱他们的枷锁的历史过程,——就不能够说那是知识分子的东西。如果缺乏了这样一个情绪过程,那么,那种语言,那种情绪,就完全是假象的了。"①

"革命"成功之后的主题是建设,鲁藜1953年写有一首诗《歌唱祖国大建设》共分三节,包含了过去、现在、未来的对比:"从前人们的希望在天上/如今我们的希望在人间""从前劳动人民辈辈受穷/如今生活步步高升""为那祖国的明天奋勇前进/保卫世界和平奋勇前进",每节则以"欢呼祖国大建设/我们千千万万颗心啊/像火一般红/像花一般开放/永远沸腾/永远歌唱"作结,这里所体现的同样是与时代情绪和时代主题高度契合的,表达了对于当时的社会主义建设的高度认同。鲁藜这一时期的创作高度融汇到了时代主题的合唱之中,其中有他自己的声音、情感、经历、认知,但这种个体因素是与时代规范高度一致的,没有杂音,通体透明,这符合彼时的时代规范,但就艺术本身的伦理来讲,却也包含了先天的缺憾和值得反思的问题。

不过,还是应该看到,鲁藜这样的写作是真诚的,是发自内心的,而绝非政治上言不由衷的投机、表态。他在1950年创作的《给诗人——为某报题词》中所写:"诗人们/请用真挚的心来创作/用血凝的诗句/如同一粒金色的种

---

① 鲁藜:《谈诗歌创作的体会》,见张学新、吕金山、王玉树编《鲁藜诗文集》第4卷,作家出版社2004年版,第65页。

子/才会在大地上繁殖/在人们的心里萌芽",鲁藜自己的创作也是"真挚"的,他在历史的青春期所写下的具有青春特征的作品有着明显的时代特征,与当时的时代环境、个人的经历阅历等有着密切的关联,如果脱离了具体语境来看待他是不客观、不全面,是缺乏"历史的同情"的。

第三节 "新时期":重新出发与新的探索

"文革"之后,诗人鲁藜终于可以重新自由发声、自由写作了。从1970年代末到他去世的1990年代末,他笔耕不辍,写下了大量诗文,尤其是在1980年代,他保持了较好的创作状态,诗作数量较多。新时期鲁藜的诗歌创作基本仍然延续他此前的写作路径,在主题、艺术技法、审美取向等方面并无大的不同,当然他自己也仍然在作新的艺术尝试与探索,比如更重哲理性、思想性,比如写作上更为松弛、自然、平和,比如"小诗"的创作等等,显示了其在原有的写作之外开疆拓土、丰富自我的努力。

对于鲁藜而言,诗歌必须要有"意义",要有时代性,要能发挥"现实"作用,要与"人民"共命运,发出"人民"的心声,这在他的诗歌观念中是一以贯之的。正如1982年他如下的表述,这几乎可以视为他的诗观:"诗是时代的声音;诗人,是时代的尖兵。一首诗能否表达时代的声音,关键在于诗人是否正视现实，投身现实斗争。现实的画面，是黑暗和光明搏斗的画图。斗争越深刻，表现越深刻。一个诗人，应和当前的世界，和时代的命运，息息相连。现在有的人除了关心自己的世界外，很少关心整个外部世界。因此，他们的歌吟往往会变成无病呻吟，变成文字游戏，会歪曲当前的世界和时代。……一个诗人，心灵必须经常和人民共命运，才能唱出人民的心声，才能正确反映人民，反映时代。纯粹个人的声音，是无法反映我们这时代的。田园诗人，虽然也歌颂了祖国大地的美，但不能成为主流，他们没有唱出人民的痛苦，人民的心声。能唱出人民心声的诗，才是诗之正音，正像人类中的正气一样。人类失掉了正气就不能前进，诗歌失掉正音，就不能发展了。"[1]实际上，这是"左翼"甚至"五四"新文学以来占据主流的观点，在新中国成立之后几乎成为唯一具有合法性的文艺论断。鲁藜正是在这样的观点和环境之中重新出发的，而且值得注意的是这一时期他的"身份"也有所变化，他成为了作协和文联的领导，已不仅仅代表其个人而有时更多的要代表组织，这一时期他的写作实际上具有了双重意义，和早期的创作已具有不尽相同的涵义。同时也应该看到，整个 80 年代，鲁藜的创作大致仍然是延续了此前"革命现实主义与革命浪漫主义"相

---

① 鲁藜:《〈鲁藜诗选〉序》,《鲁藜诗选》,人民文学出版社 1983 年版,第6—7 页。

结合的范式,而作为诗歌的黄金年代这时正是"朦胧诗""第三代诗"大行其道、风光无限的时期,鲁藜的创作范式在如此的大环境中是很特别的,当然自有其意义,却也不能不看到他与他自己所提倡的时代性之间,与更为新锐、先锋、前卫的诗歌探索之间已然具有了一定的鸿沟并凸显出了其写作方式和观念上的局限性,这也是不必讳言的。

鲁藜诗歌一以贯之的是对祖国、人民的爱,对真理、正义的追求。在《悲愤的乐章》中,他写被"四人帮"残忍杀害的张志新事件:"张志新同志/你没有倒下/倒下去的是虚幻的辉煌/永存的是平凡的真理/因为你和真理在一起/你也就和时间在一起/因为你和人民的命运相联结/人民就永远将你联结在他们心里","人民""真理"在鲁藜这里是具有至高价值的,与之在一起,也便具有了至高无上的意义。短诗《边界》中如此表述:"云彩没有边界/美没有边界/真理更是/永远没有边界",形象地体现了鲁藜对于真理的尊重与推崇。《五月的礼物》是一首写给青年的诗,这里面同样有着真理、祖国、人民的关键词:"我的青年朋友/让我送你一件诗之灵感的绒衫/装饰她不需金子/绣缀她不需珍珠/是一颗高尚的灵魂/如果你一旦穿上她/你将掀起一代崭新的风光/人人都将兢兢奔走于为善/人人都将醉心于无私的奉献/为真理、为祖国、为人民……"这种集体主义的价值观在鲁藜这里是根深蒂固、无可置疑的,是属于他,同时也属于他们那一代人的深入到骨子里的价值理念。当然,同样的,他从未离开他的底层、平民立场,他一直乐于做平凡的"泥土",正如他在距其成名作、代表作《泥土》创作三十余年后的1980年所写作的同题诗中所言:"他是那么谦逊而平易/却为人们永远地惦记/他的骨灰撒遍大地/却永远地肥沃着祖国//他不似闪闪发光的黄金/他不似殷红如血的宝石/他也不似花朵/但却是孕育一切花朵的泥土",这种谦逊、平易、低调、奉献对鲁藜而言同样是深入到骨子里的,实际上与他对祖国和人民的爱也是一致的,正是由于甘做"泥土",甘于奉献,才能够更好地为祖国和人民做工作;也正是由于有着对祖国和人民的深厚感情,才能甘于做平凡而普通的"泥土",为祖国和人民的事业奉献自己。

经历了长时间的痛苦磨折,归来的鲁藜可谓历尽沧桑,这时的他对人生和命运的理解更为通透、深刻,饱含了人生智慧。正如《命运》中所写:"我的道路虽然坎坷而艰难/但我却要感谢我的命运/我原是荒野一块粗糙的矿石/是你将我抛入熔炉//你先用柔情的泪水把我化为灰烬/然后以狂暴的烈焰从我生命的沉滓中撷摄晶华/通过相反的两极摈斥我性格里的脆弱/凝聚我灵魂中分散的素质//要让我成利器还得漫长的征途/从高温到低温,从火到水/让正与负把我分裂又重新组合/才能获得同我的硬度相一致的韧度与密度"，经历诸多锤击与考验之后方能获得"生命的炉火纯青"，最后则是要"感谢我的命运/是你将我软化，焚烧，冶炼，淬火/让我化为非我，忘我，无我，真我/于是我乃将君临于命运之上"，这里面既有与命运的握手言和，也有更高意义上的战而胜之。这样的境地，自然需要有丰厚的人生经历、阅历、智识才可能达到。《马蹄铁》中，同样包含了对人生的深入理解，"有一天，我拾到一个残缺的马蹄铁/我把它带回家钉在墙上/通过它那钢钳似的弓型的孔隙/我好像窥见了一条道路"，这自然是崎岖、漫长、血迹斑斑、布满荆棘的道路，而走过这样的道路，"黑暗尽头的路又出现新路"，终将走到光明与宽阔的所在。诗的最后说：

> 我的朋友，你同我一样热爱人生
>
> 一样热爱人类的理想
>
> 一样颠沛流离来自漫长的过去
>
> 一样饱尝了人世的离合悲欢
>
> 因此等你看到这磨平了的道路
>
> 而它自己的生命又被岁月磨平了的马蹄铁
>
> 你也会和我一样的
>
> 去欣赏它身上至今仍然散发着的光泽

这里的"马蹄铁"同样包含了丰富的人生内涵，具有了移情和人格化的意味，耐人寻味。生命不息，奋斗不止，求索不止,在《求索篇》中,包含了酸甜苦辣的人生百味:"我是在坎坷颠沛中懂得人世的辛辣甘甜/我是在伤痕累累中体会到人生的善恶分野/我是在泪光闪烁中辨认历史的真假是非/我是在曙光朦胧中意识到必然的明暗嬗递/我常常在刀光剑影中获得锋芒的文骨/我常常在被时人冷落的荒野里撷取芳菲/我常常在痛苦的灵魂中孕育美的歌声/我常常在风雪寒夜预感到人类之春讯",但作者的信念从未动摇,而是坚信"黑暗可以覆盖人间一切缺陷,一切疮痍/但扑不灭星星之火/谎言可以塑造如山的铁证/但熔铸不了真理",由此,虽然历经磨难,但是他从未停止前进的、求索的脚步。诗的结尾更是意味深长:"今天,我看见一个老工人伛偻着/像昔日拉大胶皮那样拖着他的孙子的小车/过去一步一步踏穿旧中国/现在仍然那么沉重地用颤动的手拉着祖国的未来",其中的形象可谓动人,在一定意义上也可看做是诗人的自况,他的确从未停止追求,从未停止求索和前进。

写于1985年的《我爱诗》集中体现了鲁藜对于诗的态度,可以看到,晚年的鲁藜其诗观与其年轻时基本没有变化,他的这首"关于诗的诗"包含了丰富的内容:"我爱那神圣的人生的诗/我爱那让生命发光的诗/我爱那让生活芬芳的诗//我不爱那冰冷的诗/哪怕它像宝石那么瑰丽/我爱那真挚而热烈的灵魂底自白/那诗人呕心沥血的结晶",继而他直陈关于不同类型诗歌的态度:"我绝不爱那些逃避现实又自命清高的唯美者/他们是那种混淆黑白诅咒光明的诗底寄生者/我却永远赞美那面对现实深入地狱的《神曲》作者/是他那鞭挞丑恶幽灵的怒焰永放光芒//我爱的诗是亘古志士仁人的慷慨悲歌/而不是那寒虫的哀鸣,有闲者的无病呻吟/我最爱那反映祖国万象更新,万花竞放的诗卷/不是那些徘徊在阴暗角落而倾诉个人闲愁的诗屑"——

> 我爱那株撷自蓬勃生活之绿林的诗之花朵
>
> 不爱那些穿着斑斓彩衫的诗之骷髅
>
> 让我心醉的是像海那么朴素而深沉的诗之醇酿
>
> 让我铭感的是那"润物细无声"的诗之春雨
>
> 啊,我的同时代的诗人们
>
> 不要让我们的才华浪费在虚无缥缈中
>
> 让我们去高擎那来自黑壤,来自污泥
>
> 透过黑暗像曙光那样伸舒向黎明的诗之芙蓉

这里面所体现的,是诗人鲁藜坚持一生的诗歌创作理念、观念。它是有历史语境和进步意义的,当然,而今回头看去,也并不是不存在问题,或者说,也是有着局限性和疏漏的。有的诗人与自己的时代同步,有的诗人与自己的时代则不那么同步,或脱离,或滞后,或超前,或对抗,或调侃,或戏谑,不一而足,同步或者不同步均各有利弊和短长,鲁藜无疑是与时代同步的诗人,而他身上自然也体现着同类诗人创作中的经验与教训。

一些具有哲理性的小诗在鲁藜的诗歌创作中具有重要意义。实际上像《泥土》这样的诗严格来说也可归属于此类,它们更多的是并不单独成诗,而以两至六行为一节构成一个独立单元组合起来的作品,这些独立单元有的有单独命名,更多的则并无单独的题目,比如其四五十年代即有《绿叶集第一集》《绿叶集第二集》《生活小记》《点滴集》《种子集》等,可以说这一时期即体现了对此种诗歌体式的喜好。略举若干诗句如下:"美丽的颜色用不着太多/一滴春天的绿叶/就够使沙漠沉醉了""每道皱纹是人生的壕堑/——是人生战斗的痕迹/战斗者的白发/是人生庄严的桂冠""你既然是一个战士/那么,你就要面向现实/绝不能犹疑和恐惧/你的责任是战斗,是争取胜利/而不是退却,搂抱自己的伤痕""战争的旷野,/燕子仍旧归来,/在风暴里歌唱。""他真正生活着/他真正战斗过/因此,在那黑暗的记忆里/伤痕像繁星那样灿烂""世界上如果有一种不能融化的雪/那就是无私的爱"……这些精短的诗行很大程度上是智慧的结晶,是作者在生活中摸爬滚打之后而得出的感悟,它们犹如闪烁的珠玉,散发出美丽的光泽,其背后则是痛苦、长久的孕育和承受的过程,而最后呈现出的,的确是诗性的、跳跃的,"嘈嘈切切错杂弹,大珠小珠落玉盘",

有着别样的韵致。而到新时期之后,鲁藜的此类写作更多,也呈现出更为澄澈、通透、宽厚的品质。这应该是和鲁藜此时已进入老年,有了丰富的人生阅历,加之在政治上受到长期的迫害与打压,因而必然有更丰富、更复杂的人生况味有关,如是种种都构成了人生智慧的"养料",他的人和他的诗此时都呈现了一种不同的特质。如其《希望集》中所写:"当人类因痛苦而诞生了思想/希望就和人类的呼吸并存",因"痛苦"而产生"思想",进而产生真正的"希望",这是诗人在新时期之初所发出的宣言,他自己也的确是由之出发、勇往直前的。在《方寸集》中,他有如此的关于写诗的书写:"如果你来找我/我的门关着/那我是在湖畔/在一片绿林中/去采摘春天的诗""诗人的心啊/是金色的蜂巢/不断地酝酿芳醇/去滋润人的灵魂",这里所写是非常形象的,有丰富的引人联想、想象的空间。他还有关于诗本身的言说:"我的诗不是锦上花/我的诗不是席上酒/我的诗是雪里炭/我的诗是沙漠的泉""华丽的辞彩/让位给血与泪/离奇的故事/让位给灵魂的自白",这里所体现的观点、态度与他自己"人民性"的诗观,与他"泥土诗"的诗歌创作,都是有内在关联且高度一致、契合的。《复苏集》或许是比较集中地体现了他在九死一生之后对于苦难、命运、真理的思考,比如:

　　我把困难当作磨石

来磨砺我的意志

我把坎坷当作浪涛

来冲洗我的灵魂的软弱

思想的深浅

正同她对痛苦的容量成比例

那为人间不幸而心灵溢满泪水者

她的灵魂才那么深沉

如果鸟儿奔拉下翅膀

给它再宽阔的世界有什么用

如果生命不再去奋斗

真理对他还有什么意义

这里面的确包含了丰富的人生智慧,有着命运感,同时又有着强大的主体性力量。《微末集》中,也包含了诸多此类的对于人生的感悟,比如"责难常常能促使你清醒/颂扬会催化你昏迷""要去洞察人生,只有血和泪/才能濯亮你的眼睛",既有普遍性的哲理意义,同时也有现实针对性,是从坎坷、痛苦的现实经历之中生长、体悟而得来的。《切磋集》写于80年代后期,其对人生的认知更为深入、深刻,比如"有棱,有角,有对立面/才构成多元,多层,多彩的人生""被魔鬼诅咒值得庆幸/被邪恶赏识乃是可悲""极限之边是深渊/权力之巅是疯狂""没有缺憾,不是人生/只有木乃伊,才是完人""一切让铁面的'时间'去评判/无需麻烦那绵软的舌头去分辨",他的思考是更为多元的,涉及到了此前一些不无敏感的领域,而这些成为了其写作时和此后的价值共识,而这也正是思想解放和历史进步的表现,鲁藜在此过程中并未缺席,他的所思所想是有成效的,融入到了历史的前进和变革的大潮之中。一定意义上说,这是诗歌的责任,当然,同时也是诗歌的光荣。写于其生命晚期的《白首吟》中曾发出如此的强音:"我乐于奔命如同一匹老战马/永远听命于最高权威人民神圣的召唤",这其中关于"人民"之为"最高权威"的表述,"老战马"的自况,都是颇富意味的,鲁藜的确是一匹不知疲倦的老战马,他的诗与人民在一起,他的确是为人民而战斗、为人民而歌唱、为人民而写作的,这毋庸置疑。但是,不能不指出的同样在于,鲁藜的这样的诗句还是显得过于"直接"了,要表达的东西他自己已经都说了出来,涵咏不足,张力不足。脱离了具体的时代语境,很容易被认为诗味寡淡而为读者所抛弃。

对于鲁藜这样的诗人而言,诗歌必须依附于一个更大的价值体系比如民族、国家、真理等才具有意义,否则其价值是可疑的、可有可无的。与他在新中国成立前曾亲身参与战斗一样,他的诗歌也是他的战斗的一种形式,这种特征在鲁藜的诗歌观念中是根深蒂固、一以贯之的。他实际上从未脱去"战士"的特征,他的诗一直都是一种战斗,他的诗是"为人生""为人民"的,那种象牙塔中的、"为艺术而艺术"的写作自始至终不在他的选项之中。他曾有过如此的夫子自道:"由于时代先进者的感召,我也同那个时代绝大多数的青年一样,不可能置身于国难之外,人民的忧患之外。不可能去闭门读书,为艺术而艺术,无为而写作。""诗歌是生活的花朵,而鲜花必然是生长于丰饶的生活的土壤里。我愿意在这里坦率地告诉我的读者,我认为在我这集子里那些还有些春意的诗篇,大部分都是我在敌后斗争中写出的。"①如果说新中国成立以前他的诗表现"国难""斗争",那么到新中国,尤其是到新时期,他的诗歌更多的则是表现社会主义革命、社会主义建设以及四个现代化、改革开放等,这当然也是一种斗争,不过是转换了一种形式而已。在鲁藜晚年的 1988 年 1 月 26 日,他还曾写下这样的话语:"谁如果不是那么竭诚而勇敢地为人民说话,人民就不爱听。""谁如果不去深入生活,去爱生活,去关怀同时代人悲欢离合的命运,就会被时代遗忘。""伟大的文学不是词藻的组装,不是文字游戏,不是舞台象征的布景;是作家思想灵魂的建筑工程,每一块大理石都是作者血泪的结晶。""诗人!请从超现实的云端里降临于烟火的人寰吧!

---

① 鲁藜:《我的〈泥土诗选〉序》,《新港》1983 年第 2 期。

到祖国四化长征的前线,为祖国的改革开放而歌唱吧! 生活永远是诗歌的摇篮,古今中外的诗人都是人民生活的歌手。"①这里面包含了非常丰富的内容,比如关于"为人民"的问题、深入生活的问题、与时代的关系问题、文字游戏的问题等等,这既是他一生智慧、经验的总结,也与他此前的表述、态度是基本一致的,他数十年来的诗歌观念保持了高度的同一性和一致性。而今,站在现在的历史基点进行回望,我们会发现这样的"不变"一定意义上大概也是双刃剑,既显示了高度自足、坚定不移、持之以恒,从另外一个方向看或许便是话语的停滞、缺少变化、自我变法和自我超越的不足,他体现了一种历史的存在,达到了一定的历史高度,但从更长久的历史维度来看,同样存在着历史的局限性,在历史的长河和坐标体系中来进行梳理和界定,指出这一点是尤其必要的。

第四节　宏大与空疏:"理念化"诗歌的特点及反思

鲁藜的诗歌创作比较典型地体现了"左翼""解放区"文学创作的特点,在新中国成立后与文艺规范之间也是较为合拍的,是为"主流"所允许和提倡的。鲁藜的诗歌政治

---

① 鲁藜:《关于诗的三言两语》,见张学新、吕金山、王玉树编《鲁藜诗文集》第 4 卷,作家出版社 2004 年版,第 156—157 页。

性是较强的,他的诗与政治形势、政治任务结合比较密切,建国前有关于"抗战""土改"、国内战争的,建国后也有许多关于"七一"建党、"十一"建国、"人代会""党代会"、社会主义建设、改革开放等的诗,以及配合具体的政治事件如"抗美援朝""增产节约运动"等的诗。他的许多诗发表在《解放日报》《人民日报》《天津日报》《今晚报》等的报纸上,这也从侧面体现了其诗歌的政治性甚至宣传性。作家林希曾在一篇写于1981年的讨论鲁藜诗歌的文章中指出,"研究鲁藜同志的近作,我们得到的最突出的印象却是:诗人讴歌的,永远是我们党的伟大业绩,我们信仰的伟大光辉。我们伟大的时代养育出这样的人,这样的作者,他们只想着最大多数的人民群众,想着阶级,想着信仰,想着事业,为了党的事业兴旺发达,他们献出过一切,并将继续贡献着一切,直到生命;他们能够正确地对待自己蒙受的一些暂时的,哪怕是二十五年的误解和冤曲,他们不会被个人恩怨染污革命者的心灵,他们永远用信仰的力量主宰着自己。"①这里面确实指出了鲁藜(及一代人)的精神结构、心理密码,对于党、对于信仰、对于人民群众、对于革命等等。这些对于鲁藜他们来讲,既是启蒙、理念,又是信念、信仰,是内心从来不曾怀疑的东西,是值得全力以赴、全身心投

---

① 林希:《似泥土一般醇香——读鲁藜同志近作》,天津《文谈》1981年第5期。

入其中的事业，也是个体生命的价值和意义所在。诗歌在这一总体性框架中是为之服务的，是工具，是手段，是从属性的。故而，他的诗注重宣传、教育意义，比较直白、直接、通俗，的确可以发挥"为工农兵服务""为政治服务"的作用。在艺术技法上属于现实主义、浪漫主义的范畴，摒弃现代主义的复杂与晦涩，注重"普及"而非"提高"。这对于特定环境中发挥诗歌的现实作用，为特定政治任务服务，为现实目标的达成"鼓与呼"等，确实能够起到积极的作用，其价值意义不可否认。但同时也应该看到，其必然存在着粗糙、直白、诗味不足、诗艺简单等的问题，在艺术"本身"的价值上，往往经不起更为严格的拷问和淘洗，这是汉语新文学历史中一个极为普遍、具有共性的问题，鲁藜在这其中并非例外。

鲁藜的诗歌必须是有意义作为支撑的，要具备现实的指向性和功利性，在此基础上他追求简洁、真实、直接，避免晦涩，避免浮夸，如其晚年的诗歌札记中所写："诗嫌晦涩难懂，拒人千里。越逼近共同感，越通向人心灵，越能打开一切心灵之隔，为美征服。""要极简洁而又能含蓄深情的文字，才是古今中外真正作者的文风；靠藻饰或浮想去炫惑人，总是空虚的灵魂的表现。要以真实的人生的颤慄的内涵去撼动一切心灵。""写作，我不爱作形式上过分的推敲，我不要求能够深刻地表达我的衷曲。能够让我和你的思想情绪更无滞地沟通,才是我的追求。"①如前面所分析的,这样的一套诗歌观念系统是有其背景、合理性、必要性的,但另外一个方面,脱离具体的历史语境,而从更为纯粹的、审美的、诗歌本身的价值标准和体系来看,则不可避免地也包含了弊端和局限性。比如说,这里面一个较为普遍的现象是,他的写作大都是理念先行的,或者说他的诗大多是理念化的诗。他往往是从理念、观念出发构思、结构一首诗,主题往往比较宏大、正面、积极,但是另一方面,他的诗也往往同时显出空疏、空泛、空洞、概念化的问题,很多的诗是围绕一个观念、概念在展开,其目的是对之的论证,这样所写的内容的也必然是抽象化、本质化、形而上,而不是以形象的丰富、饱满、具体可感、内涵丰富、诗意盎然取胜的。故而,总的来看,他的诗歌一个较为明显的问题是"理念大于形象",他的诗有筋骨有枝干但却缺少枝叶,缺乏引人入胜的形象和绕梁三匝的余味,这不能不说是这类写作极为致命的问题。就鲁藜的写作来说,他在 1940 年代已经形成了自己的风格,这一时期的写作由于个人丰沛情感的介入和生命激情的灌注,在当时的写作中是具有较大意义和正面价值的,但是,此后的鲁藜并未能继续超越自己,而一定程度上仍然是在重复自己,他的写作的意义一定程度上是在递

---

① 鲁藜:《诗论札记》,见张学新、吕金山、王玉树编《鲁藜诗文集》第 4 卷,作家出版社 2004 年版,第 167—169 页。

减的。尤其是在新时期的约二十年的时间里,他并未真正地另起炉灶、另辟新路,他的文学史、诗歌史的价值很大程度上仍然依赖于他的三四十年代,这不能不说是有些遗憾的。这或许与他此时段作协领导的"身份"有关,或许与他自身的学养、艺术格局有关,或许与一代人的价值认同与思维定势有关,总之,就作为诗人的鲁藜来说,他的身上并非没有遗憾。

不过,鲁藜毕竟留下了自己的印记,哪怕只有一首《泥土》,已经足以让人们记住他。白驹过隙,大浪淘沙,在历史长河中留下哪怕一点点痕迹何其难也,不管未来的文学史、诗歌史如何书写,不管其文学地位与文学史地位如何变化,鲁藜都提供了一个非常独特的个案。

第 二 章

穆旦：从忐忑不宁到心无挂碍

穆旦（1918—1977）是我国著名诗人、翻译家，原名查良铮，曾用笔名梁真、慕旦等，祖籍浙江海宁。穆旦 1918 年 4 月 5 日生于天津，其小学、中学分别在天津城隍庙小学、南开中学就读，较早显示文学才能，高中期间开始写诗。1935 年考入清华大学外文系。抗日战争爆发后，随学校南迁长沙至国立长沙临时大学，1938 年随校徒步远行至昆明西南联合大学。读大学期间开始真正意义上的现代诗歌创作，在香港《大公报》副刊和昆明《文聚》杂志上发表大量作品，产生一定影响。1940 年自西南联大毕业，留校任助教。1942 年穆旦参加中国远征军，以中校翻译官身份随军进入缅甸抗日战场，经历战争、极端自然环境等的生死考验，1943 年自印度回国。其后数年间辗转数地从事多种工作，但时间均不长，生活很不稳定。1945 年北上沈阳办《新报》，1947 年 8 月被国民党查封。1949 年下半年赴美留学，入芝加哥大学英文系为硕士研究生,1952年获硕士学位。1953年与妻子周与良一起回国,任南开大学外文系副教授,该时期致力于俄、英文学翻译,至1958年共出版普希金、季摩菲耶夫、拜伦、布莱克、济慈、雪莱等作品的译著二十余种。1957年曾有短暂的诗歌"复出",1958年因政治气候的变化被认定为"历史反革命",调南开大学图书馆工作,其后长期遭管制、批判、劳改。这一时期其诗歌创作基本停止,在困难中仍坚持文学翻译。1975年起重新恢复诗歌创作,1976年3月31日右腿骨折,后长期受腿伤困扰,该年为其诗歌创作的爆发期,写作诗歌二十余首。1977年2月26日心脏病突发于天津一中心医院逝世,时年五十九岁。穆旦一生所创作的诗歌并不太多,约百余首,在其生前也未受到应有的关注,在其去世之后尤其是1990年代之后,其诗歌写作受到了越来越广泛的认同和很高的评价。对于穆旦本人来讲,这也算得上一种"迟到的公平"。穆旦一生与天津有着密切的关联,他的诗歌创作、诗歌翻译等艺术成就很大程度上已经使他成为天津这座城市的文化地标。

第一节　作为背景:三四十年代的创作

穆旦的青年时期正是民族危亡、国将不国、社会动荡的时期,他的个人命运很大程度是被时代、社会所裹挟的。穆旦十七岁的时候考入北平的清华大学外文系，开始大学生涯。但此时的中国已然是大敌压境、岌岌可危，"华北之大，已经安放不得一张平静的书桌了"，穆旦本人也曾参加"一二·九"游行等学生运动，并参加"国防文艺社"等社团，创作诗歌、散文等作品，发表于《清华周刊》《文学》等刊物上。1937 年下半年，中日战争爆发，北平、天津等地沦陷，许多高校已无法办学，教育部宣布北京大学、清华大学、南开大学组建国立长沙临时大学，文学院设在位于衡山山腰的南岳分校，"这一时期教授少，书籍仪器等几乎没有，个人生活也大都无办法，有的同学甚至每日吃一角钱的番薯度日！然而大家却一致地焦虑着时局。校中有时事座谈会、讲演会等，每次都有人满之患。"①] 在极端艰苦、困难的情况下，老师认真讲学、勤于著述、心忧天下，学生认真学习、锐意进取、关心国事，形成了激动人心、不无悲壮的景象。穆旦选修英国现代诗人、批评家燕卜荪的课，对西方诗歌尤其是西方现代诗歌有了较多接触和理解，这对他自己的诗歌创作产生了重要的影响。1938 年 2 月，随着战事的发展，国立长沙临时大学不得不继续搬迁，西迁至昆明，组成国立西南联合大学。师生步行千余公里，历六十八天而抵达昆明，被认为是"世界教育史上艰辛而具有伟大意义

① 穆旦：《抗战以来的西南联大》，写于 1940 年 10 月 16 日，发表于《教育杂志》第 31 卷第 1 号（1941 年 1 月 10 日）。

的长征。"穆旦在云南读书期间除写诗外，还参加南湖诗社、青鸟社、高原社、南荒社、冬青社等，受到闻一多、朱自清、卞之琳、冯至、李广田等老师的指导，与周珏良、王佐良、赵瑞蕻、林元、杜运燮等同学之间有着较多的诗歌交流。穆旦1940年7月于西南联大外文系毕业，留校任助教。

　　留校任教、开始工作的穆旦并没有就此进入一种安定、平稳的生活状态，相反其在整个40年代却是更加地颠沛流离、茫然无着。穆旦任助教月薪仅九十元，由于通货膨胀、物价上涨，以及家庭负担较重，家中母亲、妹妹需要接济等原因，经济方面颇为窘迫。1942年初穆旦辞去西南联大教职，投笔从戎参加中国远征军，奔赴缅甸抗日战场，任随军翻译。5月至9月，亲历缅甸战场与日军的战斗以及随后的大撤退，穿越自然条件非常恶劣的热带原始森林野人山。这一段经历穆旦本人较少述及，其友人王佐良曾在文章《一个中国诗人》中有过描述："那是1942年的滇缅撤退，他从事自杀性的殿后战。日本人穷追，他的马倒了地，传令兵死了，不知多少天，他给死去战友的直瞪的眼睛追赶着，在热带的毒雨里，他的腿肿了。疲倦得从来没有想到人能这样疲倦，放逐在时间——几乎还在空间——之外，胡康河谷的森林的阴暗和死寂一天比一天沉重了，更不能支持了，带着一种致命性的痢疾，让蚂蟥和大得可怕的蚊子咬着。而在这一切之上，是叫人发疯的饥饿。他曾经一次断粮到八日之久。""他本人对于这一切淡漠而又随便,或者便连这样也觉得不好意思。只有一次,被朋友们逼得没有办法了,他才说了一点。而就是那次,他也只说到他对于大地的惧怕,原始的雨,森林里奇异的,看了使人害病的草木怒长,而在繁茂的绿叶之间却是那些走在他前面的人的腐烂的尸身,也许就是他的朋友们的。"①穆旦经历如此这般的生死考验,于该年 11 月跟随部队撤退到印度,次年初由印度回国。回到昆明之后,他并未回到西南联大任职,而是先闲居一段时间,继而在昆明、曲靖、重庆、贵阳等地工作,但都不太稳定,多有变动。1943 年,他先是在曲靖任远征军汽车兵团英文教官,又至昆明在驻滇干训团第一大队任英文秘书,复到国际宣传处昆明办事处任职员。1944 年在重庆中国航空公司任职,1945 年这到中国航空公司贵阳办事处短暂工作,5 月辞职,6 月重新回到军队,在云南曲靖青年军二〇七师任中校英文秘书。1945 年 8 月抗战胜利,此后数年穆旦的生活仍然并不安定,更换数种工作,到 1948 年 8 月赴美留学才进入一个新的阶段。

穆旦诗歌创作的阶段性、间歇性比较明显,其中 30 年代末到 40 年代中期是一个较为丰收的阶段,这与八年抗战的时间在一定程度上是重合的。从到目前留下的作品数量

---

① 王佐良:《一个中国诗人》,《文学杂志》第 2 卷第 2 期(1947 年 7 月),《穆旦诗集(1939—1945)》收该文为"附录"。

来看，1937 年至 1945 年八年间穆旦共创作诗歌八十余首，占其所留下的约一百五十首汉语诗歌的半数以上，其中1945 年创作诗歌二十五首，仅略少于其生命最后时段、堪称勃发期的 1976 年①。从诗集出版的情况来看，穆旦生前共出版了三本诗集，均是在 1940 年代出版的，其收录的作品，则均为 1937 至 1945 年所创作，具体情况大致如下：第一本诗集《探险队》于 1945 年 1 月由昆明文聚社出版，收录作品主要为 1937—1941 年间创作的诗歌二十四首（目录所列为二十五首，其中一首空缺）；第二本诗集《穆旦诗集（1939—1945）》于 1947 年 5 月出版，为自费印刷，收录诗歌五十八首，其中收入《探险队》者十五首；第三本，同时也是穆旦生前出版的最后一本诗集《旗》于 1948 年 2 月由文化生活出版社出版，该诗集为巴金主编的《文学丛刊》第九集中的一种，收录其 1941—1945 年创作的作品共二十五首，其中收入《穆旦诗集（1939—1945）》者二十二首。穆旦前期写作与抗战在时间上的重合在很大程度上只是一种巧合，更多的是由于其个人的年龄、经历、处境等方面的原因所致。这一时期，穆旦就读于西南联合大学，接受了开放、新式的教育，年龄上正处于二十多岁最富创造力与想象力的生理阶段，加之毕业后形形色色的困扰，个人前途的茫然

---

① 相关数据统计自李方编《穆旦诗文集（增订版）》，人民文学出版社 2014年版。

无着、民族国家的危亡、时代社会的混乱，无疑都促成了年轻的穆旦以诗歌为出口，表达、释放自己的所思所感，诗歌成为了他由自发而自为的选择。

身处乱离的时代，穆旦的诗自然不会是象牙塔中的孤芳自赏、自说自话，而是与民族国家、与社会、与公众、与土地紧密相连的，他的写作本质而言仍然是现实主义的，当然这种现实主义不是传统的现实主义，而是开放的、广阔的、现代的现实主义。在启蒙与救亡的双重变奏之中，救亡无疑是那个时代压倒性的时代主题，任何一个具有责任感和良知的人都不能不面对和思考这一问题。对于穆旦这样的名牌大学的大学生、"热血青年"而言，尤其如此。他注重诗歌的本体性特征，强调诗歌的艺术性，但他的诗歌绝不是封闭的，不是"为艺术而艺术"的，而是"为人生"的，这是我们在观照穆旦诗歌的时候应该首先看到的。穆旦在抗战时期的许多诗歌是与其战时的经历、经验，与个人的所见所闻密切相关的，与其所处的时代同行，深入到了那个时代的内部，体现着那个时代的特征。这从许多诗歌的题目可以看出，比如《防空洞里的抒情诗》《一九三九年火炬行列在昆明》《洗衣妇》《报贩》《野外演习》《农民兵》《反攻基地》《通货膨胀》《森林之魅——祭胡康河上的白骨》《轰炸东京》等等。穆旦的诗是向时代、向现实敞开的，从中可以见出他的关切、关怀，以及时代的普遍状况和个人的真实处境。应该看到，穆旦对于现实的书写与当时流行的现实主义的书写是有区别的，它不是概念化、符号化的书写现实，不是对于现实直接对位、急功近利、生吞活剥式反映，而是有着个人的深度处理与加工，因而也是有诗味、耐品咂、有感染力的。我们可以略举数例：

> 在清水潭，我看见一个老船夫撑过了急流，笑……／在军山铺，孩子们坐在阴暗的高门槛上／晒着太阳，从来不想起他们的命运……／在太子庙，枯瘦的黄牛翻起泥土和粪香，／背上飞过双蝴蝶躲进了开花的菜田……／在石门桥，在桃源，在郑家驿，在毛家溪……／我们宿营地里住着广大的中国的人民，／在一个节日里，他们流着汗挣扎，繁殖！
>
> ——《出发——三千里步行之一》

> 我想起大街上疯狂的跑着的人们，／那些个残酷的，为死亡恫吓的人们，／像是蜂拥的昆虫，向我们的洞里挤。
>
> ——《防空洞里的抒情诗》

> 他们是工人而没有劳资，／他们取得而无权享受，／他们是春天而没有种子，／他们被谋害从未曾控诉。
>
> ——《农民兵》

它们静静地和我拥抱:/说不尽的故事是说不尽的灾难,沉默的/是爱情,是在天空飞翔的鹰群,/是忧伤的眼睛期待着泉涌的热泪,/当不移的灰色的行列在遥远的天际爬行;/我有太多的话语,太悠久的感情,/我要以荒凉的沙漠,坎坷的小路,骡子车,/我要以槽子船,漫山的野花,阴雨的天气,/我要以一切拥抱你,你,/我到处看见的人民呵,/在耻辱里生活的人民,佝偻的人民,/我要以带血的手和你们一一拥抱。/因为一个民族已经起来。

——《赞美》

这些诗是有现实关切的,有社会责任感的,但这种关切和责任感主要地并不是以理念而是以形象的方式呈现的,其中具象与抽象、宏观与个体结合得比较好,避免了空洞、理念化、诗味寡淡的时弊。在这一点上,他与艾青等诗人是有共通之处的,他们均写出了彼时的"本土的""中国",与彼时中国的土地和人民心息相通、心心相印。穆旦曾如此评论艾青的诗歌:"作为一个土地的爱好者,诗人艾青所着意的,全是苗生于我们本土上的一切呻吟,痛苦,斗争和希望。他的笔触范围很大,然而在他的任何一种生活的刻画里,我们都可以嗅到同一'土地的气息'。这一种气息正散发着芳香和温暖在他的诗里。从这种气息当中我们可以毫不错误地认辨出来,这些诗行正是我们本土上的,而没有一个新诗人是比艾青更'中国的'了。""这里,我们可以窥见那是怎样一种博大深厚的感情,怎样一颗火热的心在消溶着牺牲和痛苦的经验,而维系着诗人的向上的力量。"①而实际上,这样的评论用在作为诗人的穆旦自己身上也同样是恰当的。

如果说穆旦诗歌的内核仍然是现实的、中国的,其表达其艺术方式则可以说是现代的、西方的,或者如王佐良所言,"(穆旦)他的最好的品质却全然是非中国的。在别的中国诗人是模糊而像羽毛样轻的地方,他确实,而且几乎是拍着桌子说话。在普遍的单薄之中,他的组织和联想的丰富有点近乎冒犯别人了。"②这当然只是一种简单化的大致区分,不可能全然准确,但其中穆旦诗歌深受西方诗歌的影响,在艺术与表达层面有着明显的西方化特征是不容否认的。可以说,穆旦(以及与穆旦有着近似诗歌追求的诗人)的写作很大程度上更新和丰富了中国新诗的表现技法、艺术方式,显著推进了中国新诗的现代化程度。这种"现代"既包括现代的思想、价值观念,更包括现代主义的表达方式、审美取向。或许我们也可以说,由于这种"现代"经验方式的加入,使得穆旦诗歌对于现实、本土、中国的表现而

① 穆旦:《他死在第二次》,载 1940 年 3 月 3 日香港《大公报》,该文系穆旦为艾青诗集《他死在第二次》所写的评论文章。
② 王佐良:《一个中国诗人》,《文学杂志》第 2 卷第 2 期(1947 年 7 月)。

具有了新的视野与角度,同时也更为深入和有效,而在具体的诗歌的技艺层面,则取"拿来主义",以"他山之石"强横植入中国新诗,使其面目大异,极大改变了新诗的质地。穆旦诗歌具有较强的知性、智性,有较为明显的思想性特征,有一定的宗教情怀,这些对于中国传统诗学而言都是"异质性"的,而主要的来自于西方现代诗歌的滋养与借鉴。就诗歌的技艺构成层面来看,穆旦诗歌有着更多的象征、隐喻、荒诞、意识流、反讽、并置、悖谬等的现代技法,这使得其诗歌的容量与复杂性大大增强,同时也变得不那么好懂,较为晦涩。就这种晦涩而言,其一定程度上是与诗歌的现代性相伴生的,也是现代诗歌的内在要求之一,"晦涩"在1940年代还是具有合法性的,至少还是能够讨论、允许存在的,而在此后相当长历史时段内都是不具备合法性,被取消的,其在中国语境下的遭遇与命运是颇值得分析的。

穆旦诗歌的现代思想、现代技艺的密度是较高的,艺术上较为注重经营与锤炼,其诗歌有着较高的自律和自我要求。《还原作用》中,"污泥里的猪梦见生了翅膀,/从天降生的渴望着飞扬,/当他醒来时悲痛地呼喊。""污泥里的猪"与"翅膀"之间有着遥远的距离,打开了想象的空间,这种矛盾修辞有着极强的艺术张力。《防空洞里的抒情诗》中,"我是独自走上了被炸毁的楼,/而发见我自己死在那儿/僵硬的,满脸上是欢笑,眼泪,和叹息。""我"看见"我自己死在那里",这是一种悖论,却又是一种更高程度的艺术真实,因为所有人的死都与"我"有关,都是"我"自己的一部分在死亡,这里面所表现的是一种现代经验,在表达上也独具匠心。《自然底梦》写得比较清新自然,但里面同样经过了深度的处理,意象飘忽、跳跃,兼备西方现代诗与中国古典诗的某些特征,"我曾经迷误在自然底梦中,/我底身体由白云和花草做成,/我是吹过林木的叹息,早晨底颜色,/当太阳染给我刹那的年轻",但这里面他终究不是为了再现古典诗歌的意境,而是具有更多的现代的"思"的质素:"因为我曾年轻的一无所有,/施与者领向人世的智慧皈依,/而过多的忧思现在才刻露了/我是有过蓝色的血,星球底世系。"其中更具精神性与思想性,同时也更为现代。穆旦诗歌有着一定的宗教意象与特征,显示了一定的基督教文明影响的痕迹,这与作为他大学时的专业的西方文学、文化之间显然有着深刻的关联,如他在《蛇的诱惑》中所写"我是活着吗?我活着吗?我活着为什么?"这里面有如古老的"天问",更重要的则体现着西方文化的影响与特征。此外,穆旦诗歌还有着戏剧性、叙事性的特征,如他这一时期的《神魔之争》《森林之魅——祭胡康河上的白骨》《隐现》《甘地之死》《城市的舞》等,这种带有"诗剧"特征的诗歌有着鲜明的角色设置、明确的结构意识和极为丰富的容量,明显受西方叙事诗歌的影响,也显著推进了如袁可嘉所言"新诗现代化"的程度。

穆旦诗歌有抒情性，但这种抒情并不是直抒胸臆、一览无余的，而是节制、内敛、冷静、自省的。其个人主体更多是一个复杂、矛盾甚至分裂的现代主体。如其诗歌《我》中所写："从子宫割裂，失去了温暖，/是残缺的部分渴望着救援，/永远是自己，锁在荒野里，""遇见部分时在一起哭喊，/是初恋的狂喜，想冲出樊篱，/伸出双手来抱住了自己"，这里面包含了诸多自我的犹疑、冲突、反思，情感态度是复杂、纠结、多向的，更大程度上是一种抽身其外的"冷眼旁观"。和所有的年轻诗人一样，穆旦也写过爱情诗，但他的爱情诗所呈现的面貌非常特别，有着并不多见的理性、成熟甚至冷酷在里面。比如《诗八首》中所写："你底眼睛看见这一场火灾，/你看不见我，虽然我为你点燃；/唉，那燃烧着的不过是成熟的年代，/你底，我底。我们相隔如重山！"将恋爱过程中那种渴望亲近，却又不可能融为一体，相同而又不可能完全相同，内心"相隔如重山"的状况摹写得非常真切、动人；"水流山石间沉淀下你我，/而我们成长，在死底子宫里。/在无数的可能里一个变形的生命/永远不能完成他自己。"由爱情出发，写到生命的完整与残缺、变化与完成，颇为理性与"深刻"，有其明显的个人化特征。再如，诗歌《春》中所写是青春期的身体，"蓝天下，为永远的谜迷惑着/是我们二十岁的紧闭的肉体，/一如那泥土做成的鸟的歌,/你们被点燃,却无处归依。/呵,光,影,声,色,都已经赤裸,/痛苦着,等待伸入新的组合。"这里面既包含了感性,也包含了理性,含而不露,引而不发,有丰富的可能性,但对能否实现、如何发展仍然未知;《我歌颂肉体》中所写"我歌颂肉体:因为它是岩石/在我们的不肯定中肯定的岛屿。""我歌颂肉体:因为光明要从黑暗站出来/你沉默而丰富的刹那,美的真实,我的上帝。"……其中所呈现的身体状况与情感状况都颇为值得品味。穆旦诗歌的这种理性、沉思、自觉的抒情方式,与其个性气质有着密切的关联,如诗人袁可嘉所分析的:"穆旦主要的诗写于四十年代上半叶的旧中国,一个充满动乱、矛盾和苦难的年代,他自己又具有敏感、自觉和好玄思的气质。他所表现的现代知识分子那种近乎冷酷的自觉性是新诗历史上少有的。无论对待社会、自然、人生和爱情,他都采取十分自觉的态度。"[①]他通过对自我抒情的审视、质疑而实现了一种更为深入、复杂、可靠的抒情,这样一种"反抒情"的抒情应该说也推进、更新了现代汉语诗歌表情达意的现代程度。

总体而言,穆旦在二十世纪三四十年代正处于上大学、

———————

① 袁可嘉:《诗人穆旦的位置——纪念穆旦逝世十周年》,见杜运燮等编《一个民族已经起来——怀念诗人、翻译家穆旦》,江苏人民出版社 1987 年版,第 13 页。

初步接触社会的阶段，其诗歌创作应该说也是从学步期在走向一个成熟的，具有自己的诗歌追求、个体风格的阶段。从诗歌史的角度而言，他这一时期的创作已经达到了较高的水准，受西方文学与文化的影响较深，同时与彼时的时代、社会、个人的遭遇与处境有着密切的关联，其诗歌内敛、善思、深沉，显著推进了中国新诗现代化的程度，一定程度上可以代表中国新诗在这一时期所达到的成就与高度。当然，他的若干诗歌也有过于晦涩、过于"西化"、不够圆融等的问题，这些特征与他本人生命晚期的诗歌创作相比较也可以较明显地看出来。

第二节　1957 年短暂的诗歌"复出"

进入"当代"时期，穆旦的诗歌历程与人生历程均非常特别，具有典型意义。穆旦在新中国成立之后更多的是作为翻译家查良铮从事诗歌翻译，作为诗人的穆旦绝大多数时间里是隐失的，这一时期他从事诗歌写作的时间非常短暂，分别是在 1957 年和 1975—1976 年，加起来总共大概两年多的时间，创作有三十多首诗。这两个时间段恰好也对应了中国社会发生巨变与转折的两个"窗口期"，前者是"大鸣大放""百花齐放，百家争鸣"，后者则是长时间政治运动的日渐衰微与正式终结。穆旦在 1950 年代和 1970 年代的诗歌写作有着极为不同的意义，前者主要是大的时代环境变化的结果，作品为公开发表，与其此前在1940年代的诗歌已经面貌迥异，显示出较为明显的断裂，这一阶段的写作体现了其与时代的主流规范之间相沟通、协调并艰难调适、改造自我的努力，这种努力在随后的政治运动中受到批判并被迫中止，以失败告终。后者则是在行动不便、长期卧床、自感"人生就暮"的状况下而重拾诗笔，是直面个体灵魂与命运的写作，不再寻求主流的认同与接纳，也不谋求公开发表，属于当时并不少见的"抽屉写作""潜在写作"。一定程度上，1950年代的诗人穆旦其内心是忐忑不宁、左右为难、无所适从的，而到1970年代穆旦则已经是心无挂碍、独立自主、无欲则刚了，这时的他复归和找寻到了真正的自己，回到诗歌本身，直面自我命运，写下了卓越的诗篇。考察共和国时期穆旦的心态与创作，可以呈现一个中国知识分子和中国诗人在新中国成立后之处境、遭际与命运的典型个案和复杂内涵，这无疑有着重要的意义。

1957年穆旦的诗歌复出无疑与大的时代环境——自1956年下半年开始的"百花齐放，百家争鸣"——有着密切的关联。在这一年，穆旦在《诗刊》《人民文学》和《人民日报》等重要报刊上发表了多首诗歌，这在当时高度政治化的环境中无疑有着重要的政治意味。穆旦的这几首诗在他的创作历程中颇为特别，与其此前此后的诗作都不同，可以作为一种症候来进行解析，其中包含着复杂、微妙、独特的文化、心理信息。穆旦怀着满腔热情与美好理想于1953年初从美国回国，但回国之后的情形与他的设想并不相同，他本人的艺术旨趣与红色政治文化的要求可谓大异其趣，穆旦停止了自己的诗歌创作，而将主要精力放在诗歌翻译上，他这一时期翻译、出版了大量西方诗歌、文学评论等作品。应该看到，他的这种选择主要还是被动的，是不得已而为之，而一旦政治氛围有所松动，"铁板一块"的结构出现某种缝隙的时候，潜藏在他内心的诗思便不由又开始萌芽、生长。据信穆旦这一时期诗歌的发表与臧克家、袁水拍、徐迟等的约稿和鼓励有关①，但最主要的原因恐怕还是在于穆旦自己，是穆旦自身在发生变化从而才有了这一次的诗歌复出。这一时期政治环境的变化让穆旦看到了时代生活的一种新的、另外的可能性，这让事实上遭到冷遇、被边缘化的穆旦感到欣喜，他用自己的行动从正面呼应着时代的呼求与新变，发出了自己的部分真实的声音。这里所说"部分"是指，穆旦主要的还是在时代的框架内发言，他并不是叛逆、反抗、反其道而行的。同时，他诗中所包含的"真实"，很大程度上也是"被允许的真实"，而不是个人独立、自主、无顾忌、无保留地发出所思所想，他仍然是心有疑虑

---

① 参看易彬《穆旦年谱》，中国社会科学出版社2010年版，第172—173页。

的,同时也是比较注意自我保护的,他在努力向主流的要求靠拢,但两者之间仍然是有距离甚至有鸿沟的,不可能完全合拍,诗中包含了他与时代主流之间心怀忐忑、既迎且拒、欲言又止的复杂关系。

穆旦在新中国成立之后写作的诗歌中有两首标注的写作时间是1951年,《美国怎样教育下一代》和《感恩节——可耻的债》均发表于1957年第7期的《人民文学》。这两首诗有着较为明显的政治态度,比如《美国怎样教育下一代》中写道:"报纸每天宣扬堕落和奸诈,/商业广告极力耻笑着贫穷。/你怎么活下去?怎样快掘金?/怎样使出手段去制服别人?""黑衣牧师每星期向你招手,/让你厌弃世界和正当的追求;/各种悲观哲学等在书店里,/用各样的逻辑要给你忧愁";而在《感恩节——可耻的债》中则写道:"感谢什么?抢吃了一年好口粮;/感谢什么?希望再做一年好生意;/明抢暗夺全要向上帝谢恩,/无耻地,快乐的一家坐下吃火鸡。""感谢上帝——自由已经卖光,/感谢上帝——枪杆和剥削的胜利!/银幕上不断表演红人的'野蛮',/但真正野蛮的人却在家里吃火鸡。"这两首诗与穆旦此前——1940年代——的作品已有了极大的不同,显示了相当程度上的"断裂",它们更为直白、简单,其中的思想与政治觉悟更为接近"红色中国",而不是他们当时所处的美国(穆旦与妻子周与良1952年底离开美国,1953年初回到中国),而且也更接近作品发表时意识形态色彩更为明显的1957年,故而有的学者质疑这两首作品的写作时间是不无道理的。[①] 1957年穆旦发表的多首诗中,唯有这两首标注了写作时间——1951年,对个性谨慎而敏感的穆旦而言这绝非随意为之而是多有深意的。如果我们加以推测、推理的话,穆旦特别标明这两首诗写作于1951年或许是为了证明他早已看穿了"美帝"的把戏,对之心生厌倦、深恶痛绝,即使是身处美国时,在意识形态上他也早已与之渐行渐远,"身在曹营心在汉",故而他此后的弃美归国便是顺理成章的,而到发表之时的1957年他对此的态度并无改变。如此更像是作者在意识形态上与"美国"进行了一种切割,是一种自我辩白、自证清白,在新中国成立初期"亲苏仇美"的背景之下,这不免有表达"政治正确"之嫌。这两首诗也可看做一种政治上的表态,更多的是假借"六年"之前的作品来表明"现在"的态度,是从背面表达对于"新中国"的认同与拥戴,实际上这在其1957年的作品中是普遍而一致的。穆旦绝无对于新的社会形态、意识形态的挑战与叛逆之心,他最多只是表现了一点个人内心的犹疑、彷徨,以及个人跟不上时代步伐的焦虑,他与主流之间并不是对抗的关系,而更多的是改造、放弃自己以趋附主流的问题,这是穆旦

---

① 如胡续冬《1957年穆旦的短暂"重现"》,载《新诗评论》2006年第1辑。

1957 年诗歌主导性的趋向。此外,值得讨论的另外一点是,假若这两首诗的确是写于 1951 年的话,其在发表时的 1957 年有没有做过改动、修正,则是应该考虑的另一问题。结合穆旦有多次修改、润色、加工自己的作品的习惯,至少可以说,这两首诗在 1957 年应该是经过了或大或小的修正,而不太可能完全是标注写作时间的 1951 年时的原样。

《三门峡水利工程有感》以较大的篇幅写此前的洪水泛滥及引发的诸多问题,其目的则是立足现在、放眼未来,与时代的情绪颇为切近:

> 想起那携带泥沙的滚滚河水,
> 也必曾明媚,像我门前的小溪,
> 原来有花草生在它的两岸,
> 人来人往,谁都赞叹它的美丽。
>
> 只因为几千年受到了郁积,
> 它愤怒,咆哮,波浪朝天空澎湃,
> 但也终于没有出头,于是它
> 溢出两岸,给自己带来了灾害。
>
> 又像这古国的广阔的智慧,
> 几千年来受到了压抑、挫折,

于是泛滥为荒凉、忍耐和叹息，
有多少生之呼唤都被淹没！

虽然也给勇者生长了食粮，
死亡和毒草却暗藏在里面；
谁走过它，不为它的险恶惊惧？
泥沙滚滚，已不见昔日的欢颜！

呵，我欢呼你，"科学"加上"仁爱"！
如今，这长远的浊流由你引导，
将化为晴朗的笑，而它那心窝
还要进出多少热电向生活祝祷！

如此的穆旦与三四十年代的穆旦相比的确有焕然一新的感
觉，其诗所体现的也是新的历史时期的新语言、新情绪和新
的话语方式、表达方式。《去学习会》书写了学习、改造过
程中的积极、主动、欢快；《"也许"和"一定"》对历史规律、
历史必然性的书写，"也许"是指"我方"也许存在一定的问
题，但是有未来的，而"一定"则是指"敌人"是一定要灭亡
的，是一定没有未来的：

　　也许，这儿的春天有一阵风沙，

　　不全像诗人所歌唱的那般美丽；

也许,热流的边沿伸入偏差

　　会凝为寒露:有些花瓣落在湖里;

但是我们是站在正义、真理的一方:"就在这里,未来的时间在生长,/在沉默下面,光和热的岩流在上涨;/哈,崭新的时间,只要它迸发出来,/你们的'历史'能向哪儿躲藏?"而反观另一方的"敌人":"你们的优越感,你们的凌人姿态,/你们的原子弹,盟约,无耻的谎,/还有奴隶主对奴役真诚的喝彩,/还有金钱,暴虐,腐朽,联合的肯定:/这一切呵,岂不都要化为灰尘?"结合当时的政治形势,这里的敌人当指的是以"美帝国主义"为首的西方国家,这同样体现着一定的"政治正确",和同期发表的标注写作时间为 1951 年的《美国怎样教育下一代》和《感恩节——可耻的债》大致属于同一系列。《九十九家争鸣记》是对"百花齐放,百家争鸣"活动中某些情形的书写,意为百家争鸣中有一家"虽然也有话说",但是"患着虚心的病",没有真正的进行争鸣,因而只剩下了"九十九家争鸣",但这里面所写的争鸣的情形却耐人寻味,有的所说半真半假、敷衍塞责,有的说了些与权威意见不同的观点,则被领导认为"立场很有问题"。诗的最后,主席非要让"我"说话,"我就站起来讲了三点:第一,今天的会我很兴奋,/第二,争鸣争得相当成功,/第三,希望这样的会多开几次,/大家更可以开诚布公……"这里其实是颇值得玩味的,既可以从正面、字面意义来理解,也可以从其反面,从讽刺、反讽的角度来理解,其内涵是非常丰富、复杂的。或许是意识到自己诗歌中包含着一定的含混性,穆旦在诗的最后又写了一个"附记"加以"解释",这客观上为全诗增加了层次与复杂性,其内容如下:

> 读者,可别把我这篇记载
>
> 来比作文学上的典型,
>
> 因为,事实是,时过境迁,
>
> 这已不是今日的情形。
>
> 那么,又何必拿出来发表?
>
> 我想编者看得很清楚:
>
> 在九十九家争鸣之外,
>
> 也该登一家不鸣的小卒。

但无论如何,"九十九家争鸣"与"百家争鸣"是不同的,有一定的唱反调的意味。当然,也可以说它是真正贯彻、落实、体现"百家争鸣"精神的,百家争鸣体现了一种自由、开放、轻松的状态,这种自由自然同时也包含了不争鸣、不发言的自由,但这种关于争鸣的态度在政治上又是可疑的、不正确的,日后必然受到质疑、批判。1957年年底,《人民日报》发表文章对这首诗提出批评,指"作者尽管用了隐晦的笔法,但是也不能掩饰它所流露出来的对党的'百家争鸣,百花齐放'的方针和整风运动的不信任和不满""作者却鱼目混珠地借'批评'某些人不敢'鸣''放',对整风运动暗施冷箭"。① 在此之后,穆旦本人也不得不写出自我批评、检讨的文章《我上了一课》于《人民日报》发表,对自己的诗作作出了否定性判断,并从思想、艺术方面进行了分析,在最后落脚于:"但这艺术结构的一切问题,必依赖于一个更基本的问题,即作者必须很好地掌握人民内部的批评原则。""关于这,毛主席'在延安文艺座谈会上的讲话'已经给了最明确的指示,我一定要好好学习它以便以后能学习写出较好的东西来。"②这样的拔高是程式化的、空洞的,而在当时也是必要的、有效的、不得不如此的。

《葬歌》典型地体现了穆旦在这一时期的心理状况。"葬歌"显然是埋葬过去的自己,告别"旧我",获得新生之义,这是时代对于作为"小资产阶级知识分子"的要求,也是穆旦个体自我的内在要求。这首诗真实地体现了这种转变的艰难、困顿、纠结,这样的状况实际上不但是穆旦个人的,同时也是那一时代许许多多知识分子所面临的共同状况。诗的第一部分写现在的自己"我"与过去的自己"你"的对话、辩驳,"你可是永别了,我的朋友?/我的阴影,我

<hr>

① 戴伯健:《一首歪曲"百家争鸣"的诗——对"九十九家争鸣记"的批评》,1957 年 12 月 25 日《人民日报》,第 8 版。
② 穆旦:《我上了一课》,1958 年 1 月 14 日《人民日报》,第 8 版。

过去的自己?""我"和"你"两者之间是不合拍、不协调的，"我正想把印象对你讲说，/你却冷漠地只和我避开。""你的任性曾使我多么难过；/唉，多少午夜我躺在床上，/辗转不眠，只要对你讲和。"在"大时代"面前，由于"你"的存在，"我"也不得不处于尴尬的境地："历史打开了巨大的一页，/多少人在天安门写下誓语，/我在那儿也举起手来：/洪水淹没了孤寂的岛屿。""我"对"你"的态度是颇为复杂的，一方面，他属于自己，是自己的一部分；另一方面，他又不见容于时代，不符合时代的要求，而只能是"阳光"下的"阴影"，入不了"前厅"而只能踟蹰于"后门"。这里面所表现的情形其实是非常真实的，是一个"旧知识分子"向新时代主动靠拢、洗心革面、改造自己的真实写照，他与时代的要求是相吻合的，而绝无挑战、叛逆之心。第二部分同样具有戏剧性，有数个角色之间的角力、争斗，其中"希望""回忆""骄矜""爱情""恐惧""信念"代表自我的不同侧面，展开对话与辩驳，富有张力，其主题则是"哦，埋葬，埋葬，埋葬!"同样是告别旧我，找寻新我。诗的第三部分则是自我的独白，可谓是心声的流露：

> 就这样，像只鸟飞出长长的阴暗甬道，
>
> 我飞出会见阳光和你们，亲爱的读者；
>
> 这时代不知写出了多少篇英雄史诗，
>
> 而我呢，这贫穷的心! 只有自己的葬歌。

没有太多值得歌唱的：这总归不过是

一个旧的知识分子，他所经历的曲折；

他的包袱很重，你们都已看到；他决心

和你们并肩前进，这儿表出他的欢乐。

就诗论诗，恐怕有人会嫌它不够热情：

对新事物向往不深，对旧的憎恶不多。

也就因此……我的葬歌只算唱了一半，

那后一半，同志们，请帮助我变为生活。

穆旦在这里面的态度是坦诚的，他希冀自己能够跟得上新时代的节奏，然而他知道这两者之间仍然是有距离的，他内心底气并不足，对此有着疑虑与困惑。"我的葬歌只算唱了一半"一定意义上可以作为穆旦本身，同时也是一代知识分子处境与命运的象征，极具表现力。同时似乎也是一语成谶，这一"葬歌"真的只能唱到一半便草草收场，实际上在与此诗发表几乎同时，政治运动已经初露端倪，并在此后逐步展开，整体的外部环境很快便发生了一百八十度的变化，在此诗发表之后不久穆旦的诗歌就遭到了批判。有批评文章就曾质疑"穆旦的'葬歌'埋葬了什么？"指"这首诗好像是'旧我'的葬歌，实际上却是资产阶级个人主义的颂歌。它的本质是宣扬资产阶级思想的坏作品。"认为穆旦对思想改造抱着"修正主义的态度，一方面是对旧我看得太重了，温存备至，恋恋不舍。另一方面是对新社会的距离太远了。"①这样的批评，实际上指出了穆旦诗歌与这一时期写作规范之间的距离。对于当时要求高度纯洁、通体透明、毫无杂质、一往无前的主流叙述话语体系来说，哪怕是这样的"埋葬"旧我，哪怕是因"忏悔"而流泪，都是不坚定、不纯粹的表现，并由之而被窥出"太过落后"之端倪。从这个意义而言，穆旦的诗歌的确与主流的要求是有距离的，说到底他还不能完全把自己"交出去"，他的诗中还有一些个人的、个体化的东西，他还不能完全站到"无产阶级"的立场上，他的确还保留着一定的"小资产阶级"特征。不过，这样的一些逸出主流规范的特征在很大程度上又是与"人"本身，与人情、人性更为接近，同时也与诗之为诗的本质更为接近的，其在当时受到批判其实恰恰证明了其距离真正的诗更近，而不是相反。

　　穆旦在1957年的诗歌创作其实是非常尴尬的，可谓在夹缝中求生存。一方面，他的诗歌创作理念、路向，与作为主流，作为律令的政治化、工农兵化、无产阶级化是不同的，但同时他在有意识地进行自我的重新规划、设计，在向主流靠拢，在寻求实现某种转变及与主流要求相接轨的可能。另一方面，穆旦在诗写的题材、手法、风格等方面也都有一定的变化，这一时期他的诗歌几乎都具有时事性（这在他

① 李树尔：《穆旦的"葬歌"埋葬了什么？》，《诗刊》1958年第8期。

其他时期的诗歌中几乎是绝无仅有的），距离政治、现实更近，更具功利性，此前较为朦胧、晦涩的诗风改之为更明白、好懂、大众化，语言方面也更接近口语，更为简单、通俗。而同时也应该看到，这种诗歌探索在穆旦看来大概也并不成功，他不但在此后的很长时间中重新停笔（这里面有外部环境的变化、个人的受批判等客观原因，但必然也有个人的、主观方面的原因），而且在重新开始写作之后也并未在这一时期的方向上继续前进，而是更多地接续了此前（1948年之前）的写作路向与风格，使得穆旦在1957年的诗歌创作成为了一种非常独异，一定程度上既未"承前"也未"启后"的特殊存在。

如果从穆旦本人的创作实绩来看，1957年或许的确并不突出。粗略地划分，1940年代对于穆旦的诗歌创作而言无疑是一个高峰，而其去世之前的1976年无疑也是一次爆发，甚至达到了一生创作的顶峰，1957年的创作的确难以与这两者相匹配相匹敌，它夹在两座高峰之间，不说是低谷，但至少高度并没有那么高。穆旦仍然是那个穆旦，但这一时期穆旦的创作却发生着如此重大的变化，作品质量上出现重大的滑坡甚至"失准"，其原因自然与外部环境有着莫大的关联。环境之强大改变着历史中的每一个人，穆旦自然需要对其作品艺术上的滑坡与失败承担责任，但这并非问题的全部，更重要的还是在于厘清、反思大的文艺环境、社会环境所出现的问题,避免类似问题的再次出现,并构建更好的文艺生态环境。另一方面也应看到,穆旦诗歌即使"失准"也并非全无是处,也仍然具有穆旦的特征,仍然在深层延续着穆旦诗歌的主题与一贯的追求,其与时代的主流规范之间其实是并不合拍的,具有一定的异质性。人文主义的价值观念、现代主义的表现手法、语言的新奇与陌生化等在这一时期穆旦的诗歌中是受压抑的,但受压抑而仍然存在,而不可扼杀,他并不可能完全取消他自己。从这一角度说,穆旦也仍然是穆旦,即使他努力放弃自己而趋附"主流",也必然是失败的,作为一位真正诗人的使命与宿命都决定了他不可能完全加入到时代的合唱之中,不可能让自己的作品完全成为时代精神的传声筒。1957年的这些作品在质量上也有其可观之处,绝非一无是处,也绝非穆旦诗歌创作中的污点。香港诗人黄灿然曾在其文章中讨论穆旦的诗歌创作,认为其"五十年代的作品完全加入了当时口号诗和教条诗的大合唱。"并针对穆旦及其《葬歌》发问道:"为什么不承认自己怯懦?为什么不承认自己缺乏知识分子应有的勇气?为什么不承认自己缺乏诗人应有的独立精神?"并认为"从穆旦后期诗看,他缺乏成为伟大诗人所需的深层素质。"[①]这里对于穆旦的评价显然有失

---

① 黄灿然:《穆旦:赞美之后的失望》,《必要的角度》,辽宁教育出版社2001年版,第346页、349页、350—351页。

客观,对于具体的历史语境及其残酷性缺乏应有的认知,对于历史洪流中作为渺小个体的诗人也缺乏"理解之同情",这样的论断是草率的,是站不住脚、不能让人信服的。1957年的诗歌之于穆旦反而勾勒出了一副更为真实、可信甚至可敬的面孔,它有着极为丰富的内涵,具有着标本与化石的意义,其中种种,足以让人唏嘘感叹,也足以令人深长思之。

第三节　1976年:从疾病与孤独重新出发

1976年对于中国来说是一个重要的转折的年份,整个社会处于一种变动、矛盾、新旧交替的过程之中。而对诗人、翻译家穆旦(查良铮)来说,这一年同样非常特别,或许可以用悲欣交集来形容:他在年初骑自行车摔倒导致股骨颈骨折,此后一直未能完全痊愈,行动严重受限,大部分时间卧病在床;同样是在这一年,他在停笔近二十年之后,重新拿起诗笔开始创作,留下了近三十首诗歌,是其一生中最多的。这一年堪称其诗歌的丰收年①,他多年来用力尤多

---

① 就现有的资料,1975年穆旦留下了两首诗《妖女的歌》和《苍蝇》,可以视为其重新开始诗歌写作的一种"预热";1976年则状态火热,年度二十七首为其创作生涯最高,占到了其总量约一百五十首汉语诗歌的六分之一。据李方编:《穆旦诗文集》(增订版),人民文学出版社2014年版。

的诗歌翻译也有了出版的希望①；1976年对于中国可以说是一个重新出发的年份，揭开了"新时期"的帷幕，对于诗人穆旦来说也本应如此——年龄尚不到六十岁，还富有创造力和热情——"我总想在诗歌上贡献点什么，这是我的人生意义""也许还有廿年可活，我还要寄以希望。我觉得我还有展望。"②然而，世事无常，天不假年，在翌年春，他因心脏病突发而病逝，其值得期待的"再出发"成为了短暂的"绝唱"，不能不让人扼腕叹息。穆旦在1976年构成了一个具有典型性的征候，这不但对于考察这位重要诗人及其作品有重要意义，从中亦可关联到中国当代社会、历史、文学、诗歌的变革，以及中国当代知识分子的心灵史和个体命运等的问题，它是历史长河中并不多见的具有丰富内涵和广泛的勾连、辐射能力的关节点之一。

穆旦一生命运多舛，尤其是在共和国成立之后，他在

---

① 据穆旦日记，其在1976年仅记七则，均较客观、简略，所记均为骨折、地震、孩子工作等重要事宜。12月9日日记中写道"今并得悉'唐璜'译稿在出版社可用"，见《穆旦诗文集（增订版）》（第2卷），第328页。在1976年12月29日致老友、诗人杜运燮的信中说到他数年前寄到人民文学出版社《唐璜》译稿之事，"（出版社编辑）说这部稿是'下了功夫'""现在可以留在出版社，或有机会出版""这一事对我是个鼓励。一是人家能看出自己的成绩，没有白费心。二是文学有前途"。见《穆旦诗文集（增订版）》（第2卷），人民文学出版社2014年版，第171—172页。

② 穆旦致董言声信（1977年1月4日），见《穆旦诗文集（增订版）》（第2卷），人民文学出版社2014年版，第194页。

1953年自美回国,1957年曾有短暂的诗歌复出,但国内的政治气候随后即席卷了他,1958年他被错划为"历史反革命",此后长期被打入另册,遭到管制、批判、劳改。在此期间他的诗歌创作完全停止,诗歌翻译成为他从事文学活动的主要方式。这样的情形持续多年,直到其生命末期的70年代中期。对穆旦个人来说,该年初的骑自行车摔倒而骨折应该是一个大事件,这不但导致了他在此后的一年之中行动不便,需要长时间卧床,而且严重影响了他的整个身体状况,改变了他的生活道路和生命长度,如果不是这一次骨折以及客观条件的限制耽误了治疗,穆旦的寿命很可能不会定格在五十九岁。这里面另外一个无法证实亦无法证伪但依常理可以得出的论断是,骨折、卧病在床这一事件对于1976年穆旦诗歌创作的发生具有重要的影响。骨折使其失去了行动能力,也使其与一个正常的、社会人的状态产生了距离,其活动范围、交际方式、思考问题的角度、对人生的感悟等均会发生变化。由于长期的卧病在床,他更多的面对的不再是社会而是自己,是个人的命运。由于疾病的困扰,也使他更深切地体会到老之将至,心中有更多的郁结和块垒,诗歌无疑成了他纾解内心情绪、表达真实自我的选项之一。

更重要的,在家人心有余悸、不理解他的文学选择,不鼓励甚至禁止他写诗的情形下①，他的心事很难与家人交流，而与友人的书信交流在这一时期明显增多，但实际上同样有所顾忌、有所保留、不可能畅所欲言的情况下②，诗歌写作几乎成为他自我表达、自我取暖的最佳方式。当然，他的写作并未考虑发表的问题，对家人是保密的，也几乎是秘不示人，只有极少数的友人成为读者，他的写作是严格意义上的"潜在写作""抽屉写作"，其最主要的读者只是自己，是他聊以自慰、打发时光、锻炼"手艺"的一种手段，当然同

---

① 穆旦妻子周与良曾回忆道："'四人帮'打倒后，他高兴地对我说'希望不久又能写诗了'，还说'相信手中这支笔，还会重新恢复青春'。我意识到他又要开始写诗，就说'咱们过些平安的日子吧，你不要再写了'。他无可奈何地点点头。我后来愧恨当时不理解他，阻止他写诗，使他的夙愿不能成为现实，最后留下的二十多首绝笔，都是背着我写下的。""当时只要他谈到写诗，我总加以阻止。想起这一些，我非常后悔。这个错误终身无法弥补。"周与良：《永恒的思念》，见杜运燮等编：《丰富和丰富的痛苦：穆旦逝世二十周年纪念文集》，北京师范大学出版社1997年版，第161页。

② 郭保卫是穆旦晚年的一位忘年交。据《穆旦诗文集（增订版）》（第2卷），郭保留下穆旦自1975年8月至1977年1月间的信件共二十六封，数量多，间隔较短，每月接近两封，关系较为密切。在致郭保卫的信中，穆旦写道："我这写在纸上的谈天，是胡乱说的，希望你看后扔掉，万勿保留，否则就不便再写了。"（1975年8月22日）"不要留我的信，看后就扔，这是最重要的先决条件，如是咱们可以随便（也不太随便）谈谈，而无后顾之忧。"（1975年9月6日）[《穆旦诗文集（增订版）》（第2卷），第205页，206页]。这种"随便（又不太随便）"的态度在穆旦是比较真实的，究其实，即使是在书信中，他也是"不太随便"的，这与他谨言慎行的性格以及对于当时政治形势的评估等都是有关的。在1976年10月，"四人帮"被隔离审查之后，穆旦鼓励郭保卫进行写作，不能"等"，不能太"胆小"，他最后也说："当然还是要小心。任何时候都要小心。"（1976年10月16日）[《穆旦诗文集（增订版）》（第2卷），第233页]实际上，穆旦本人在与人交往时一直是小心翼翼，"不太随便""很小心"的。

时也包含了反抗宿命、表达立场、自我实现的意涵。

总体来说，1976 年的穆旦进入了一个特殊的生命阶段，行动受限的他重新拿起了诗笔，而且一发不可收，诗歌产量创其一生之最，堪称是其诗歌的勃发期。① 此外，他在这一年留下的书信也最多②，这与其一年的身体状况无疑也是有关系的，疾病使他有了更多的时间与精力来写信，书信事实上成了他这一时期的一种社会交往方式和与外界与世界产生关联的重要渠道。同时，虽然比较谨慎，书信中仍然保留了较多个体真实的情绪与看法，无论是关于政治、社会还是文艺、诗歌，都有所涉及。故而，这些书信也留下了不可多得的了解其思想的线索和信息，足可作为了解穆旦的一个窗口。所以，1976 年 1 月 9 日的一次摔伤，从某种意义上来说不但改变了穆旦晚年的生活状态和生活道路，也改变了中国当代诗歌的结构与可能性，就此而言，这一偶然事件是意义重大的。疾病与孤独，使他重新开始了一段秘密的诗歌之旅，并成为了日后灿烂夺目、表征着诗歌光辉与荣耀的诗歌风景。

---

① 据《穆旦诗文集》，1976 年穆旦诗歌作品为二十七首，数量为各年之首，占到了其总量约一百五十首汉语诗歌的六分之一。

② 《穆旦诗文集》共收录穆旦书信六十九封，其中写于 1976 年的有三十七封，占半数以上。在此后的 1977 年一二月份有十五封。由此可知，穆旦在骨折卧病期间比之此前写下了更多的书信无疑。当然现在见到的仅为留存下的书信，有一定的偶然性，但其反映的情形应该大致不差。骨折疾病对于穆旦的影响是全面、深刻的。

第四节 "真正的自我"与永恒的忧伤

就诗歌写作而言,晚期的穆旦是在自主、放松、心无挂碍、无欲无求的状态下所进行的,他放弃了与时代主流进行沟通和对话的努力,没有了如此前 1950 年代的瞻前顾后、左顾右盼,也没有了改造自我、紧跟时代潮流的焦虑,这使得他的诗歌呈现了另外一种品质与面貌,达到了另外的高度。同时,与他年轻时候 1930、1940 年代的作品相比较,两者之间有更多的相通之处,一定程度上穆旦是"回归"了其早年现代主义的写作路向,而背离了新中国成立后所建立的文学规范。同时也应该看到,与其早期作品相比,穆旦晚期的作品无论是思想还是技艺都更为成熟,对人生与诗歌的理解更为深沉、圆融,完全褪去了其早期诗歌中时常可见的生涩、"化不开"的问题①。这一时期的诗歌包含了他全部的人生经验与智慧,包含了他在数十年如一日诗歌翻译

---

① 学者江弱水曾以穆旦早期诗歌为主讨论其对于西方现代诗的学习借鉴,认为其体现了"伪奥登风与非中国性"(江弱水:《伪奥登风与非中国性:重估穆旦》,《外国文学评论》2002 年第 3 期)。本文同意其部分观点,需要指出的是这种情形到穆旦晚期的作品已大为不同,其内涵与意义不可同日而语。王家新在与江弱水观点的商榷中指出,穆旦诗学实践中"去中国化"的"'去'是'重获'的前提和必由途径",由此其晚期的诗"重获的'中国品质'经受了现代性的洗礼,它已把现代主义的影响和资源有机地包容在自身之内"。(王家新:《穆旦与"去中国化"》,《诗探索》理论卷 2006 年第 3 辑)

的浸淫之后的艺术理解与演练,包含了他长久以来被压抑的诗歌创作的激情,这些作品总体而言非常丰富、厚重、有力。就现有的资料而言,穆旦在1976年写下的第一首诗应该是3月份的《智慧之歌》,这首诗的首句便可谓石破天惊:"我已走到了幻想底尽头"。可以说这句诗奠定了穆旦晚期诗歌的基调,而在"幻想底尽头"开始写诗,这也具有一定的象征意味。从年龄、阅历的角度看,穆旦此时年近六旬,已经历了人生的风风雨雨,可谓阅尽沧桑。由于常年被打入另册,在政治上遭到打压和迫害,这无疑使他更深刻地认识社会、体悟人生,他已经由此获得了丰厚的人生"智慧"。写作《智慧之歌》时的穆旦因骨折已卧床两个月,在这段时间里他一定是更真切地面对自己,进行着深入的思考,这首诗写出了他近六十年的人生经验,可以看做一次人生的总结和回顾,非常耐人寻味。全诗六节,每节四行:

> 我已走到了幻想底尽头,
>
> 这是一片落叶飘零的树林,
>
> 每一片叶子标记着一种欢喜,
>
> 现在都枯黄地堆积在内心。
>
> 有一种欢喜是青春的爱情,
>
> 那是遥远天边的灿烂的流星,
>
> 有的不知去向,永远消逝了,

有的落在脚前，冰冷而僵硬。

另一种欢喜是喧腾的友谊，
茂盛的花不知道还有秋季，
社会的格局代替了血的沸腾，
生活的冷风把热情铸为实际。

另一种欢喜是迷人的理想，
它使我在荆棘之途走得够远，
为理想而痛苦并不可怕，
可怕的是看它终于成笑谈。

只有痛苦还在，它是日常生活
每天在惩罚自己过去的傲慢，
那绚烂的天空都受到谴责，
还有什么彩色留在这片荒原？

但唯有一棵智慧之树不凋，
我知道它以我的苦汁为营养，
它的碧绿是对我无情的嘲弄，
我咒诅它每一片叶的滋长。

诗中写到了生活中的诸种"欢喜"：爱情、友谊、理想，但这
些无一例外地都失去了其本来的面目，而此时，"只有痛苦

还在，它是日常生活"。当"欢喜"远去，此时的生活只有"痛苦"，此时灿烂的天空都受到"谴责"，生命的荒原已经没有什么"彩色"，这里面的萧瑟、凝重、暗淡应该是穆旦这一时期心态与情绪的真实反映。当然，这些也并不是全无意义的，至少，它凝聚为一种人生经验，"一棵智慧之树不凋"，"它以我的苦汁为营养"。在这里我们看到，人生的"智慧"是以个人的痛苦、失败为代价而得来的，所以智慧的增长一定意义上构成了对个人的嘲弄和讽刺，这种发现是惊人的、深刻的，包含了生活的真谛。这首"智慧之歌"，的确包含了人生的智慧，它是彼时彼刻穆旦个人的，同时也是具有相当的普泛性和涵盖力的。

由于伤病的困扰，穆旦不能不时常体会到命运的"惘惘的威胁"，他经常生出老之将至、人生迟暮之感，也不时生出无意义感、幻灭感。① 在这其中，有价值的焦虑、怀疑、

---

① 在致老友董言声的信中，他谈及"（摔伤之后）走不了路，前两天还好，这三天躺床就酸疼，辗转不能眠。特别有人生就暮之感。""的确年老不行了。快完蛋了。"（1976 年 1 月 25 日）"咱们一混想不到就是六十岁了，这个可怕的岁数从没有和自己联系起来过。好像还没有准备好，便要让你来扮演老人；以后又是不等你准备好，就让你下台。想到此，很有点自怜之感。而且世界也不总是公平待人，它从不替你着想，把最适于你生长的地方让给你，而是胡乱塞你个地方，任你自生自灭去。最近有几个人在校内死去，我都多少认识，总结他们一生，不过是那么回事，仿佛都是有头无尾似的。我记得咱们中学时代总爱谈点人生意义，现在这个问题解决了没有呢？ 也可以说是已解决，那就是看不出有什么意义了。没有意义倒也好，所以有些人只图吃吃喝喝，过一天享受一天。只有坚持意义，才会自甘受苦，而结果仍不过是空的。"（1976 年 5 月 25 日）见《穆旦诗文集（增订版）》（第 2 卷），第 185—186、191 页。

反叛、退缩，当然也有坚持、坚守，总的说来他的作品达到（或接近达到）一种老年的风格，呈现出一种宽阔、从容、澄明之境。对于穆旦而言，他已经知悉了"生之大限"，明白了自己应该做、可以做的事情，更为清楚地看清了自己一生的使命和责任，除了一以贯之的诗歌翻译之外，他将更多的时间与精力放到了诗歌创作之中。在《诗》中，他写了自己关于诗歌的颇为矛盾、复杂的态度：

> 诗，请把幻想之舟浮来，
> 稍许分担我心上的重载。
>
> 诗，我要发出不平的呼声，
> 但你为难我说：不成！
>
> 诗人的悲哀早已汗牛充栋，
> 你可会从这里更登高一层？
>
> 多少人的痛苦都随身而没，
> 从未开花、结实、变为诗歌。
>
> 你可会摆出形象底筵席，
> 一节节山珍海味的言语？

要紧的是能含泪强为言笑，
没有人要展读一串惊叹号！

诗呵，我知道你已高不可攀，
千万卷名诗早已堆积如山：

印在一张黄纸上的几行字，
等待后世的某个人来探视，

设想这火热的熔岩的苦痛
伏在灰尘下变得冷而又冷……

一方面是对诗怀有期许，但现实中诗歌又的确难以承担诗人的诸多关切和想象。这里面既有诗歌之功能与作用的问题，也有既有的"千万卷名诗"的挤压的问题，故而他在诗的最后说："又何必追求破纸上的永生，/沉默是痛苦的至高的见证。"这里面似乎是表达着一种失望甚或绝望，然而，吊诡的诗，这种对绝望的表达本身便是反抗绝望的一种体现。抑或者，穆旦所表达的这种对诗歌的不满、失望，或许更多的是对现实状况中诗歌的不满，而不是对"普遍意义"上的诗歌的不满，否则如果沉默真的是"痛苦的至高的见证"，那么他便不会再写诗了，也不会有《诗》这首诗的诞生了，这里面的字面意义与其真实意义之间是非常复杂的，它自身便包含了对自身的疑问与反对。在《理想》一诗中，他表达了理想的不可或缺及其破灭，并对正确的追求理想的方式进行了考辨。首先，他认为理想是重要的，"没有理想的人像是"——"草木""流水""空屋"，没有理想的人生是不值得过的，然而，一味追求理想又是危险的，因为"在地面看到了天堂"，故而"一个精灵从邪恶的远方/侵入他的心，把他折磨够"，这既是一种普泛情形，而似乎更有现实确指，他数十年来所目睹、亲历的现实便是"在地面看到了天堂"的乌托邦实践，他亲见了这种实践如何从"天堂"走向了其反面，而自己及众多人都成为了受害者，可谓损失惨重。继而，他对"理想"分析道："理想是个迷宫，按照它的逻辑/你越走越达不到目的地。"理想必须经与现实的辩驳、协调、对接才有生命力，否则，它可能是危险的，可能引人误入迷途。故而，"我们的智慧终于来自疑问。"这种理性的、疑问的、反思的态度才是追求理想的较为可取的态度，否则，"毫无疑问吗？那就跟着她走，/像追鬼火不知扑到哪一头。"这里面所表达的态度是在惨痛的人生经历之后所得出的，是辩证的，也是较为可靠的。在《好梦》中，他实际上写了诸种"好梦"皆"不长"，"梦"虽"好"但终究没有"照进现实"，而无一例外地落空了：或变异，或破碎，或骗局败露。诗中，各节的最后一句都是相同的"让我们哭泣好梦不长"，颇具一唱三叹之效果。这时的穆旦，的确可以说已经"无梦"——从诸多的不切实际的"好梦"中醒来了。那么,"梦醒之后"如何?

对穆旦来说,梦醒之后、理想破灭都并不是终点,在此过程中他固然不无动摇、颓唐、伤怀,但他并未止于此,并未堕入虚无的深渊,而是在寻找"自己",寻找"真正的自我";他对自我对生活仍然有着想象,仍然追寻着另一种可能。《自己》一诗包含了对"自己"的重新审视,对过往的种种进行了否定,同时也在另外的向度上对真正的"我自己"进行着探寻与肯定。诗中的"自己"是偶然的、被支配的、被剥夺的,"他选择了这种语言,这种宗教,/他在沙上搭起一个临时的帐篷",后来,"在迷途上他偶尔碰见一个偶像,/于是变成它的膜拜者的模样",再后,"昌盛了一个时期,他就破了产,/仿佛一个王朝被自己的手推翻,/事物冷淡他,嘲笑他,惩罚他"。这里面所写是高度概括,而同时又是高度写实的,写出了各个人生阶段可能遭遇的问题。在这样的过程中,"自己"是没有主体性的,是被建构的,所以他不得不反思"不知那是否确是我自己"。这是穆旦回望检视自己备受凌辱与篡改、毫无自由与自主的生命历程时,所发出的貌若平静实则沉痛的呼喊。至于未来,"另一个世界贴着寻人启事","那里另有一场梦等他去睡眠,/还有多少谣言都等着制造他",在"未写出的传记"中仍然"不知我是否失去了我自己"。应该说,这种疑问、追问本身便体现了一种态度,便具有一种力量,由此,穆旦在进行着一种否定、批判、反思,当然也同时在进行着另一向度上的建构、追求、想象。在《听说我老了》中,他写到了"赤裸的我""真正的自我":

> 我穿着一件破衣衫出门,
> 这么丑,我看着都觉得好笑,
> 因为我原有许多好的衣衫
> 都已让它在岁月里烂掉。
>
> 人们对我说:你老了,你老了,
> 但谁也没有看见赤裸的我,
> 只有在我深心的旷野中
> 才高唱出真正的自我之歌。
>
> 它唱着,"时间愚弄不了我,
> 我没有卖给青春,也不卖给老年,
> 我只不过随时序换一换装,
> 参加这场化装舞会的表演。
>
> "但我常常和大雁在碧空翱翔,
> 或者和蛟龙在海里翻腾,
> 凝神的山峦也时常邀请我

到它那辽阔的静穆里做梦。"

其中将现实人生比作一场"化装舞会",其精神之骄傲可见一斑,在内心深处,穆旦对于现实之中的蝇营狗苟、权势纠葛是不以为意的,他有着更为阔大的胸襟与情怀。诗的最后,那个与大雁在碧空翱翔,与蛟龙在大海翻腾,在山峦辽阔的静穆里做梦的主体才是诗人穆旦的"真正的自我",或者说,是他所期待成为的那个"真正的自我"。在内心深处,他是超越俗世、追寻永恒、与天地精神往来的。在《城市的街心》中,"自己的心"已经"比街心更老",真实的、自主的自己已经丢失不见,"只除了有时候,在雷电的闪射下/我见它对我发出抗议的大笑"。这里自己对自己的"抗议"显示了对现在的自己的不满和对另外的自己的期求,有着极为丰富的内涵。《"我"的形成》对"我"之处境进行了深刻的剖析与呈现:

> 报纸和电波传来的谎言
> 都胜利地冲进我的头脑,
> 等我需要做出决定时,
> 它们就发出恫吓和忠告。
>
> 一个我从不认识的人
> 挥一挥手,他从未想到我,

正当我走在大路的时候，
却把我抓进生活的一格。

从机关到机关旅行着公文，
你知道为什么它那样忙碌？
只为了我的生命的海洋
从此在它的印章下凝固。

在大地上，由泥土塑成的
许多高楼矗立着许多权威，
我知道泥土仍将归于泥土，
但那时我已被它摧毁。

仿佛在疯女的睡眠中，
一个怪梦闪一闪就沉没；
她醒来看见明朗的世界，
但那荒诞的梦钉住了我。

诗中对社会现实的运行机制和控制体系有着深入的认知和揭示，既有对"权威"的解构与亵渎，又有自我的凸显与成长。全诗有着强烈的批判色彩，由此更突出了与"世界"相对的"我"的主体性，一个现代性的、有着强大主体力量的个体站立起来。

穆旦在生活中个性沉稳,谨言慎行,在致友人的书信中也小心翼翼,从不说过分的、出格的话,但在诗歌中则不然,在诗歌中他是比较勇敢、比较敢说话的,对于一些禁区他也是不惮于触碰的。究其原因,一来他的诗歌写作是私密性的,不是面向公众的,其读者只有自己,所以能够说出一些内心的、真实的想法;二来与诗歌的文体和他的写法有关,诗歌讲究含蓄、朦胧、多义,他的写法又是比较现代的,运用暗示、象征、反讽等手法,这样诗歌的理解和阐释上具有相当大的灵活性,不易被捉住把柄,能够为诗歌本人提供一种保护。穆旦的诗对其所生活的社会进行了冷静的审视,对其运行机理、内在奥秘进行了揭示,批判了对人性的戕害与漠视,对造神运动、权力崇拜等进行了剖析。在当时的语境之中,这样的一些内容无疑在政治上是"不正确"的,而穆旦之所以如此写,无疑是因为他依循了更高的艺术伦理与艺术良知。穆旦在致杜运燮的信(1976 年 12 月 9 日)中曾写道:"我经常想着我的座右铭:勿为当前太分心。'现在'是陷阱,永远掉在这里面,就随时而俱灭。"①在他的写作中,他的确已经跳出了"当前""现在",并对之进行着审视,从一种更为恒久、超越的角度,进行着富有勇气,同时也富于艺术性的表达。在《演出》一诗中,看起来生动、丰富的

---

① 　见《穆旦诗文集(增订版)》(第 2 卷),第 169—170 页。

生活实际上是一种表演,一切都早已被设定好:

慷慨陈词,愤怒,赞美和欢笑
是暗处的眼睛早期待的表演,
只看按照这出戏的人物表,
演员如何配置精彩的情感。

终至台上下已习惯这种伪装,
而对天真和赤裸反倒奇怪:
怎么会有了不和谐的音响?
快把这削平,掩饰,造作,修改。

为反常的效果而费尽心机,
每一个形式都要求光洁,完美;
"这就是生活",但违背自然的规律,
尽管演员已狡狯得毫不狡狯,

却不知背弃了多少黄金的心
而到处只看见赝币在流通,
它买到的不是珍贵的共鸣
而是热烈鼓掌下的无动于衷。

长此以往形成的是以假为真、黑白颠倒的状况,一切都颠倒了，形成了极为荒唐、滑稽的局面。这样的书写无疑是具有现实性的，它是对不正常年代真实状况的生动反映。就此而言，穆旦的思想在当时是走得很远的，他对当时社会的基本规则、主流思想、交往原则等均进行了否定，认为那是虚假的、没有生命力的，这样的思想在当时无疑是一种激烈而彻底的反叛。

《神的变形》典型地体现了穆旦关于权力、关于"神"与"魔"，以及关于"人"的思考，非常有深度。整首诗类似于一部诗剧，设置神、魔、权力、人四个角色，"神"代表现有的秩序、现实中的崇高之物、庞然大物；"魔"代表一种反制性的、"革命性"的力量，意欲推翻神取而代之；"权力"是一种永不满足的支配性、主导性的精神意志；"人"则在上述数种力量间辗转、观望、觅寻，求取一种值得过的生活。这首诗极其生动、形象地对权力的问题、神的问题进行了揭示，直到今天读来都让人感到振聋发聩。关于其中的"神"，它原本是一种积极、正面的力量："浩浩荡荡，我掌握历史的方向，/有始无终，我推动着巨轮前行；/我驱走了魔，世间全由我主宰，/人们天天到我的教堂来致敬。""我的真言已经化入日常生活""我不知度过多少胜利的时光"，这里的"神"可能是宗教的，也可能是现实政治的，但是，而今"我的体系像有了病"。究其原因，"权力"现身说法，指出"你对我的无限要求/就使你的全身生出无限的腐锈。/你贪得无厌,以为这样最安全,却被我腐蚀得一天天更保守"。由于权力的腐蚀,"神"变得太过"任性",因而"人心日渐变冷,在那心窝里有了另一个要求"。这时另外一种力量出现了:"……我在人心里滋长,/重新树立了和你崭新的对抗,/而且把正义,诚实,公正和热血都从你那里拿出来做我的营养。/你击败的是什么?熄灭的火炬!/可是新燃的火炬握在我手上。"——这边是"魔"。"魔"已经在"神"的"全身开辟了战场","万众将推我继承历史的方向"。在神与魔之间,"人"的形象出现,这里的人已经初步具有了主体性:"我们既厌恶了神,也不信任魔,/我们该首先击败无限的权力!"人对这无限的权力的警惕无疑使他获得了难得的清醒,长久以来的"神魔之争""总是绝对的权力得到了胜利!/神和魔都要绝对地统治世界,/而且都会把自己装扮得美丽。"所以人对自己说:"心呵,心呵,你是这样容易受骗,/但现在,我们已看到一个真理。"这里涉及了"心"与"大脑"、感性与理性的分别,由理性出发,才可能对神、对权力有较为客观、深入的理解与对待。但是,如果由此而认为"人"将获得胜利,那还是太简单了,作者并没有盲目地乐观,而是看到了更远一步。"神"的秩序已经破产,而"魔"作为生长性的力量也将由"地下"进入"天堂",但是,"魔"很可能成为另一个"神",一切仍将延续、重复。因为,这背后难以摆脱的,是"权力"的暗影:"而我,不见的幽灵,躲在他身后，/不管是神，是魔，是人，登上宝座，/我有种种幻术越过他的誓言，/以我的腐蚀剂伸入各个角落；/不管原来是多么美丽的形象，/最后……人已多次体会了那苦果。"作者并没有为这首诗留一个光明的尾巴，究其原因，人固然已经有所觉醒，但权力之幽灵防不胜防，人虽然已经多次尝到了苦头，但难免不重蹈覆辙。穆旦是冷峻、理性的，可以说已经真正勘破了世相，对人生、对社会的认知已经非常深入，其言说极具概括力。

　　穆旦对诗歌的理解是比较纯正、现代、开放的，他并不要求诗歌发挥改造现实、干预现实的功利性作用，他本人对于现实政治也并无兴趣，但同时他也并不是封闭的沉溺于自我世界中的诗人，他其实仍然是一个现实主义者，对于眼前身边的现实，对于身处其中的社会，他是有观察、有关切的，有着自己的深入理解和内在的批判、疏离态度，他的诗不时地涉及到现实政治中的权力关系、运作体系、行为方式等，他通常不是正面强攻，而更多的是旁敲侧击、顺带提及，实际上，哪怕是对现实政治毫无兴趣，由于本身即生活在其中，不可避免地要受其支配与影响，对之进行书写不但是正常的也是应该的，这其实也涉及到写作伦理的问题。穆旦的诗对《智慧之歌》中所谓"社会的格局"、《"我"的形成》中所谓"生活的一格"进行了深入的揭示，写出了现代社会中个体的处境，凸显了个体的窘迫、不自由状况，这里的穆旦是冷静、孤绝的,这种书写本身便体现了一种反抗。此外,在《理想》中的"在地面看到了天堂"、《夏》中的"太阳要写一篇伟大的史诗"、《好梦》中所谓"金塑的大神"均具有隐喻的性质,有着很强的精神动能与思想冲击力,显示了穆旦性格中温柔敦厚之外勇毅、冷峻、孤傲的一面,他是有内在的锋芒、有自己的立场的。

　　由于长期以来政治上的受迫害、生活中的饱受苦厄,加之晚近的伤病缠身,1976年的穆旦其心境总体而言是灰暗的,他对生活不再抱有乐观的期待,而更多的是对苦难的承受、与命运的苦斗,他的诗中也充满着"冬天意识",如学者李怡所指出的:"春天是欺骗,而冬天是真诚,诗人再不愿生活在自欺欺人当中,他一心寻找的是最真实的世界。""生命只有在挣脱了一切伪饰的羁绊之后才得以洒脱!也才有自我战胜、自我超越的可能,而也只有敢于直面苦难、自我分裂,向宿命挑战的人才会具有这种令人惊叹不已的'冬天意识'。"①这一时期穆旦情感的基调是忧伤的,并不浓烈却又氤氲其中、挥之不去。这种忧伤的来源是多重的,有切近的,有长远的;有个人的,有社会的;有具体的,有抽象的;有个性的,有遭际的,所有的一切,在1976年似乎都汇聚起来,形成了爆发点,最终在诗歌中喷薄而出。读他这

---

① 李怡:《黄昏中那道夺目的闪电》,《中国现代文学研究丛刊》1989年第4期。

一年的诗,无一例外都是忧伤、沉郁、晦暗的,他的确已经进入了"老年",如《老年的梦呓》中所说,年轻时快乐的日子现在来读已经是"一篇委婉的哀诗"。无论是从身体还是精神,他都在迅速地衰老,他的"心气"似乎已大不如年轻的时候,其诗歌变得更为忧戚、哀伤,面貌已与1940年代的作品大异,当然这里面有了更多的人生内涵,可能更为切近生存的本质和真谛。在《冥想》中,他写道:

> 因此,我傲然生活了几十年,
> 仿佛曾做着万物的导演,
> 实则在它们永久的秩序下,
> 我只当一会儿小小的演员。

这样的发现自然需要人生的长度,需要经过生活的打击、挫折之后才能获得。与此同时,生命的突泉也曾清新、浓烈,"但如今,突然面对着坟墓,/我冷眼向过去稍稍回顾,/只见它曲折灌溉的悲喜/都消失在一片亘古的荒漠,/这才知道我的全部努力/不过完成了普通的生活"。这种"普通的生活"或许才回归了生活的本位,是其正常状态。在《友谊》中,他写到了"贫穷的我":"呵,永远关闭了,叹息也不能打开它,/我的心灵投资的银行已经关闭,/留下贫穷的我,面对严厉的岁月,/独自回顾那已丧失的财富和自己。"他似乎已经不再抱有期待,所有的可能性都已丧失。《爱情》一诗也与之类似，表达了对爱情的怀疑：

> 爱情是个快破产的企业，
> 假如为了维护自己的信誉；
> 它雇用的是些美丽的谎，
> 向头脑去推销它的威力。
>
> 爱情总使用太冷酷的阴谋，
> 让狡狯的欲望都向她供奉。
> 有的膜拜她，有的就识破，
> 给她热情的大厦吹进冷风。
>
> 爱情的资本变得越来越少，
> 假如她聚起了一切热情；
> 只准理智说是，不准说不，
> 然后资助它到月球去旅行。
>
> 虽然她有一座石筑的银行，
> 但经不起心灵秘密的抖颤，
> 别看忠诚包围着笑容，
> 行动的手却悄悄地提取存款。

其中使用了许多诸如推销、资助、银行、存款等的经济术语来书写情感问题,这也正是穆旦所言"用'非诗意的'辞句写成诗",这显然是有意为之,包含了对爱情、情感的不信任、解构。在另外的作品中,他写道:"身体一天天坠入物质的深渊",此前的种种"爱憎、情谊、职位、蛛网的劳作/都曾使我坚强地生活于其中/而这一切只搭造了死亡之宫"。这种"死亡之宫"的发现无疑触目惊心,他不能不重新进行思考,寻求救赎之道。诗的最后写道:"呵,耳目口鼻,都沉没在物质中,/我能投出什么信息到它窗外?/什么天空能把我拯救出'现在'?"(《沉没》)这里面包含对生活之价值与意义的反思、怀疑与求索。有必要指出的一点是,穆旦固然是忧伤的,但他仍然是有着对价值、信念的追求与信任的,他并不是虚无的,他仍然在期待着改变与救赎。

穆旦诗歌中有数首可以成为季节系列的作品《春》《夏》《秋》《冬》(包括不完整的《秋(断章)》),从写作时间来说它们差不多贯穿了一年的从春到冬,比较典型地体现着穆旦这一时期的心绪,非常值得分析。弗莱在其文学批评著作《批评的解剖》中曾以春夏秋冬四季的叙事结构对应喜剧、传奇、悲剧、嘲弄和讽刺几种文体①,穆旦的这几首诗与之不尽相同,但一定意义上在风格上与这几种文体也不无契合与类似之处。《春》写生命的成长与绚丽,写成长

---

① 参阅弗莱《批评的解剖》,陈慧等译,百花文艺出版社 2006 年版,第 232—350 页。

中的意外与诱惑等等：

春意闹：花朵、新绿和你的青春
一度聚会在我的早年，散发着
秘密的传单，宣传热带和迷信，
激烈鼓动推翻我弱小的王国；

你们带来了一场不意的暴乱，
把我流放到……一片破碎的梦；
从那里我拾起一些寒冷的智慧，
卫护我的心又走上途程。

多年不见你了，然而你的伙伴
春天的花和鸟，又在我眼前喧闹，
我没忘记它们对我暗含的敌意
和无辜的欢乐被诱入的苦恼；

你走过而消失，只有淡淡的回忆
稍稍把你唤出那逝去的年代，
而我的老年也已筑起寒冷的城，
把一切轻浮的欢乐关在城外。

被围困在花的梦和鸟的鼓噪中，

寂静的石墙内今天有了回声

回荡着那暴乱的过去，只一刹那，

使我悒郁地珍惜这生之进攻……

作者在老年，在人生的"冬季"写春，他已失去了少时单纯的、"轻浮的欢乐"，而是"悒郁地珍惜这生之进攻……"他对春天的态度是矛盾的，有欣喜，有期待，也有犹疑和警惕，诗歌表达了这一时期穆旦复杂而真实的心态，非常耐人寻味。《夏》一诗确有类于传奇，生命处于一种亢奋、勃发的状态，"绿色要说话，红色的血要说话"，"太阳要写一篇伟大的史诗，/富于强烈的感情，热闹的故事，/但没有思想，只是文字，文字，文字"。作者对这样的状态总体是持否定态度的，"他写出了世界上的一切大事"，但却"只不过要证明自己的热炽"。作为"批评家"的"冷静的冬天"出现，它"把作品的许多话一笔抹杀"，但另一方面"却仍然给了它肯定的评价"。最后"还要拿给春天去出版"。这首诗如果作为现实讽喻诗来解读的话可以见出穆旦的忧思、冷静，如果作为单纯的自然风物诗解读的话可以见出其对于生命本身的尊重与体恤。《秋》写生命"肃静""安恬""成熟""和谐"的状态，"天空呈现着深邃的蔚蓝，/仿佛醉汉已恢复了理性"，这里面有着"生的幸福"，体现着"生的胜利"，一切似乎皆已非常圆满。但是作者也同时冷静地指出："严冬已递来它的战书"，所有的这一切很快将要进入更为寒冷、严酷的冬季……其底色是悲哀、沉郁的,其中的欢乐很大程度上也是"以乐写哀"。现存并不完整的《秋(断章)》风格、内容上与《秋》接近,写自然的秋景与"美"的逃亡,平静中包含着伤感。《冬》一诗写于 1976 年 12 月,其时正值时令的严冬,饱受伤病困扰的穆旦也进入其生命的严冬之中,他深有感触地写下了他的四季歌中的最后一首,此外,据目前的资料,这也是穆旦所创作的最后一首诗歌,具有一定的象征意义。《冬》一诗尤见悲哀,其第一章每节的末句均为"人生本来是一个严酷的冬天",友人杜运燮认为这样"太悲观",穆旦接受建议将其作了修改:

> 我爱在淡淡的太阳短命的日子
> 临窗把喜爱的工作静静做完
> 才到下午四点,便又冷又昏黄
> 我将用一杯酒灌溉我的心田
> 多么快,人生已到严酷的冬天
>
> 我爱在枯草的山坡,死寂的原野
> 独自凭吊已埋葬的火热一年
> 看着冰冻的小河还在冰下面流
> 不只低语着什么,只是听不见
> 呵,生命也跳动在严酷的冬天。

我爱在冬晚围着温暖的炉火

和两三昔日的好友会心闲谈

听着北风吹得门窗沙沙地响

而我们回忆着快乐无忧的往年

人生的乐趣也在严酷的冬天。

我爱在雪花飘飞的不眠之夜

把已死去或尚存的亲人珍念

当茫茫白雪铺下遗忘的世界

我愿意感情的激流溢于心田

来温暖人生的这严酷的冬天。

如此的改动之后的确呈现了更多的生命的"乐趣",但同时其"严酷""寒冷"之基调并未改变。在诗的第三章中,尤其明显地体现了冬天"严酷"的一面:"冬天是感情的刽子手""冬天已经使心灵枯瘦""冬天封住了你的门口""冬天是好梦的刽子手"。的确,穆旦已经走到了"幻想底尽头",他已经适应了严苛的环境和这个季节,不盲目的乐观,也不过分的消极、悲观,他与生命与命运之间达成了一种和解。他的确已经做到了心静如水、宠辱不惊。在这首诗的最后一章中,所写的是一些劳工严寒之中在木屋取暖的情形:

在马房隔壁的小土屋里,

风吹着窗纸沙沙响动，
几只泥脚带着雪走进来，
让马吃料，车子歇在风中。

高高低低围着火坐下，
有的添木柴，有的在烘干，
有的用他粗而短的指头
把烟丝倒在纸里卷成烟。

一壶水滚沸，白色的水雾
弥漫在烟气缭绕的小屋，
吃着，哼着小曲，还谈着
枯燥的原野上枯燥的事物。

北风在电线上朝他们呼唤，
原野的道路还一望无际，
几条暖和的身子走出屋，
又迎面扑进寒冷的空气。

这样的严冬中同样有着温暖、乐趣、幸福，或许，生命本就如此，有人在寒冷中出门远行，有人在木屋中休憩取暖，这一切无关价值，原本都是生命存在的形式。总体而言，穆旦晚年诗歌充满一种深沉的悲哀，这是生命晚境的"望远皆悲"，也是从更高的层面俯瞰芸芸众生的悲，包含了对个体自我，同时推而广之对"人"、对生命本身的悲悯、关怀、体恤。

第五节　异质性、未完成的可能性

穆旦晚期留下的两首作品中，我们可以较为清晰地看出他与当时社会环境之间的互动关系，颇为值得分析，这便是写于 1976 年 10 月、11 月的《黑笔杆颂——赠别"大批判组"》和《退稿信》。这两首诗写作时正是"四人帮"被打倒，中国社会即将开始发生巨变的关口。这与穆旦对于政治形势的评估显然有关，两首诗所写均与现实关系切近，是对现实的反映。这样的作品在穆旦诗歌中并不多，大概只有在"百花齐放，百家争鸣"时期的 1957 年曾有过，1957 年的穆旦所写的《葬歌》《九十九家争鸣记》还主要是为了跟上形势，接受并且主动进行"改造"，但因这一过程中暴露了一定内心的、真实的心理活动，与主流规范有距离而在此后受到批判。1976 年的穆旦显然是更有勇气的，他主要是对此前的主流规范进行了批判，指出其所存在的问题，比如《退稿信》指出的"黑的应该全黑，白的应该全白""我们要求作品必须十全十美"便是对建国后数十年中文艺规范的描述，其态度是否定和嘲讽的；《黑笔杆颂——赠别"大批判组"》则对此前的"写作组"现象进行了批评,指出其"吃得脑满肠肥,再革别人的命,/反正舆论都垄断在你的手中。/人民厌恶的,都得到你的欢呼,/只为了要使你的黑主子登龙;/好啦,如今黑主子已彻底完蛋,/你做出了贡献,确应记你一功"。这些作品大概都是由于穆旦看到了政治上可喜的变化而写的,其内心是充满激动、不无喜悦的,作品本身即是内心冲动的反映。当然应该看到,就作品的艺术质量而言,由于与现实关系的过于密切,表达上过于浅白、直接,其艺术的沉淀、蕴藉是不足的,艺术本身的价值并不大。自然,穆旦本人对此其实也是有较为清楚的认知的,他曾将这两首诗抄录给郭保卫(1976 年 11 月 10 日),并说"这两首看来是可以发表的,但我自己已无意发表东西,想把它们送给你,由你去修改和处理,如果愿送诗刊,(我想是可以送诗刊)那就更好,那就是你的东西,由你出名字,绝不要提我"。他在此后的 11 月 22 日信中说:"我的这两篇游戏之作,没什么好。只是想到应景文章,也许有用。"①穆旦这里的考虑,也许一来是这样的作品配合形势,有发表的可能,并无害处,而同时他也知道这些作品艺术价值不高,所以他不让署自己的名字,并不完全出于"安全"方面谨慎避祸的考虑,也有对其艺术价值方面的考量。总的来

① 见《穆旦诗文集(增订版)》(第 2 卷),第 238—239 页、第 241 页。

说,穆旦与主流秩序之间的关系是隔膜的,虽然他并未显明地去对抗、反对,但两者显然有所差异,"话不投机"。穆旦自己是颇为谨慎的,在 11 月 22 日的同一封信中,他还叮嘱郭保卫:"凡有点新鲜意见的东西,都会惹麻烦,人家都不太喜欢的。"①穆旦在此时并未向主流体系主动靠拢,没有改变自己一贯的立场,同时他是谨慎、理性的,他对外部的变化持一种冷眼旁观的态度,并未盲目乐观。

穆旦对自己的诗歌观念所谈甚少,这样他在 1976 年写下的书信便具有了较高的价值,其中保留了一些真实的关于诗歌的观念、看法,这无论是对于了解穆旦的思想还是了解这一时期诗歌的处境、发展道路等都是有益的。应该看到,穆旦在书信中也是小心翼翼的,话从不说满,绝无妄言与浮躁、浮夸之词,但毕竟书信属于比较信任的私人之间的交流,即便设防也不那么"严密",相对而言还是呈现了一些较为真实的自己,其关于诗歌的言论也是值得思考和重视的。比如他对当时诗歌形势的判断:"诗的目前处境是一条沉船,早离开它早得救。它那来回重复的几个词儿,能表达什么特殊的新鲜或复杂的现实及其思想感情吗?不能。"(1976 年 8 月 27 日)②这应该是比较真实地反映了他的看法,在当时的语境下,这应该说也是比较大胆、比较尖

---

① 见《穆旦诗文集(增订版)》(第 2 卷),第 241—242 页。
② 见《穆旦诗文集(增订版)》(第 2 卷),第 229 页。

锐的了。"现在时兴的,还是小靳庄之类的诗,如果能改变成三四十年代的新诗,那就很不易了,标语口号诗一时不易(也许永远得存在)。我想翻译的外国诗应可借鉴,如能登些这类诗,给大家换换胃口,也是好事。"(1977 年 1 月 3 日)①"我倒有个想法,文艺上要复兴,要从学外国入手,外国作品是可以译出变为中国作品而不致令人身败名裂的,同时又训练了读者,开了眼界,知道诗是可以这么写的……"(1977 年 1 月 12 日)②他在致杜运燮的信中也说,"我最近还感觉,我们现在要文艺复兴的话,也得从翻译外国入手。""国内的诗,就是标语口号、分行社论,与诗的距离远而又远。""在这种情况下,把外国诗变为中文诗就有点作用了。读者会看到:原来诗可以如此写。这可以给他打开眼界,慢慢提高欣赏水平。只有广大读者的欣赏水平提高了,诗创作的水平才可望提高。"(1977 年 2 月 4 日)③他提出"使诗的形象现代生活化""诗应该写出'发现底惊异'"(1975 年 9 月 6 日)④,他强调用"非诗意的"辞句写诗,以及借鉴西方"现代派"的技巧(1975 年 9 月 19 日)⑤,都有不少是在当时比较另类、比较超前,而为此后的诗歌历

---

① 见《穆旦诗文集(增订版)》(第 2 卷),第 246 页。
② 见《穆旦诗文集(增订版)》(第 2 卷),第 250—251 页。
③ 见《穆旦诗文集(增订版)》(第 2 卷),第 173—174 页。
④ 见《穆旦诗文集(增订版)》(第 2 卷),第 207 页。
⑤ 见《穆旦诗文集(增订版)》(第 2 卷),第 213 页。

史所接受、所实践的;他的"不合时宜的诗学"①恰恰是切近诗歌的本质、富有远见卓识、符合诗歌发展规律的。从上述关于诗歌的言论可以看出,这一时期的穆旦与时代主流规范之间虽然并无直接冲突,但实际上是紧张、对立、格格不入的,他是在另外一个体系中思考、想象诗歌的。穆旦这一时期的诗歌写作与其诗歌论述是颇为契合的,在同时代的社会结构中则是异质性的,有着异于寻常的面貌与品质,如学者段从学所论述的:"当穆旦从社会历史时间中挣脱出来,转向与个人及其日常生活相关的事物之际,无意中开始的实际上是对另一种生存样式和可能的发展空间的探索与发现。在这个意义上,穆旦晚年的诗歌创作在反思中终结了一个时代,同时又预示了另一种生存形态的存在,并开始了以有限的个体生存时间为立足点来建构个人真实性的努力。"②无论是对当代诗歌本身还是对当代文化、社会的嬗变而言,这种变化都是意义重大的。

如果将穆旦1950年代和1970年代的诗歌作品结合起来看,无疑可以有诸多有意味的发现。这里面可以明显地看出个人与时代、政治之间距离的变化、位移。简而言之,

---

① 子张:《穆旦:不合时宜的诗学——由"致郭保卫书"索解穆旦"文革"后期的诗学思考》,《文艺理论研究》2006年第2期。
② 段从学:《穆旦的精神结构与现代性问题》,人民出版社2014年版,第183页。

1950 年代的穆旦是希望"与时俱进",跟上时代潮流,向时代规范靠拢,为主流所认可、接纳的,穆旦在 1976 年跟郭保卫谈到其 50 年代的作品《葬歌》时曾说:"你看看这首,是写我们知识分子决心改造思想与旧我决裂的,那时的人都只知道为祖国服务,总觉得自我要改造,总觉得自己缺点多,怕跟不上时代的步伐……"①应该认为穆旦这里所言是真实、坦诚的,道出了彼时他与时代主流之间的关系,而同时其中也包含了潜台词,暗含了说话时的自己与"那时"的自己已经有所不同。实际上到了 1970 年代,穆旦的确已经发生了天翻地覆的变化,这时他更多的是面对自我,面对诗歌本身,与主流规范早已分道扬镳,而走上了一条更为个人化、不无异质性甚至离经叛道色彩的道路。这让人想到吉奥乔·阿甘本关于"同时代人"的精到论述:"真正同时代的人,真正属于其时代的人,是那些既不完美地与时代契合,也不调整自己以适应时代要求的人。""与时代过分契合的人,在各方面都紧系于时代的人,并非同时代人——这恰恰是因为他们(由于与时代的关系过分紧密而)无法看见时代;他们不能把自己的凝视紧紧保持在时代之上。""同时代的人是紧紧保持对自己时代的凝视以感知时代之光芒及其黑暗(更多地是黑暗

---

① 郭保卫:《书信今犹在 诗人何处寻——怀念查良铮叔叔》,见《一个民族已经起来——怀念诗人、翻译家穆旦》,第 175 页。

而非光芒）的人。"①可以说，穆旦在1950年代正是"紧系于时代"希望成为"同时代人"而不可得，到1970年代则无意与时代产生瓜葛，却通过"凝视"时代的"黑暗"而成为了真正的"同时代人"，对于一个时代做出了形象、个人化而有穿透力的表达。这其中个人与时代距离的由近及远，以及思想观念由同质化到异质化的转变有着非同寻常的意义，不但对于考察穆旦这位杰出诗人及其作品至关重要，从中亦可旁涉中国当代社会、历史、文学、诗歌的变革，以及中国当代知识分子的心灵史和个体命运等问题。

从穆旦各个时期的创作轨迹来看，1940年代无疑是其诗歌创作的一个高峰，而其去世之前的1976年也是一次爆发和高峰，在这中间的1957年的创作显然难以与这两者等量齐观，它夹在两座高峰之间，事实上成为了低谷、洼地。穆旦仍然是那个穆旦，但这一时期他的创作却发生着如此重大的变化，作品质量上出现如此重大的滑坡，其原因自然与外部环境有着莫大的关联。环境之强大改变着历史中的每一个人，穆旦本人需要对其作品艺术上的滑坡与失败承担责任，但这并非问题的全部，更重要的恐怕还在于厘清、反思大的文艺环境、社会环境所出现的问题，避免类似问题

---

① 吉奥乔·阿甘本：《何为同时代》，王立秋译，《上海文化》2010年第4期。

的再次出现,并构建更为健康的文艺生态环境。另一方面也应看到,此时的穆旦诗歌虽然在向主流规范靠拢,但两者之间仍然是不合拍的,穆旦已经将其此前诗歌中的诸多因素进行了压抑,但受压抑而仍顽强存在,而不可完全灭杀。从这一角度说,穆旦因为是穆旦,即使他努力放弃自己而趋附主流也只能是失败的,作为一位真正诗人的使命与宿命决定了他不可能完全加入到时代的合唱之中,不可能让自己的作品完全成为时代精神的传声筒。

而穆旦 1976 年的诗歌创作则无疑具有相当的高度,它标志着作为诗人的穆旦的又一个创作高峰,对于中国新诗而言也同样如是,它作为这一时期并不多见的真正意义上的诗歌作品,标志着中国新诗在这一时期所达到的高度,并成为了新诗史上绕不过去的经典。而今,当我们回头检视穆旦这一时期的诗歌创作时,首先应该看到他在共时性语境中的异质性。在一个仍然高度政治化、政治标准第一的时代,穆旦的诗歌明显疏离了这一规范,无论是从语汇系统、价值观念、艺术技法、美学风格等方面均有着明显不同,可以说他较为彻底地从时代语境中脱身而出,而写出了另外一种不一样的诗歌。这种诗歌与现实的规范、主流的要求无法对接、南辕北辙,但却与普遍意义上的诗歌规范、诗歌伦理相接通,它实际上是在向现实规则之外更高、更恒久的艺术规则致敬,而对于一位真正的诗人来说,这也正是其天职与本分所在。从历时性的角度,穆旦在这一时期的创作重新接续了他 1940 年代现代主义式的诗歌写作。众所周知,现代主义的诗歌在共和国成立后不再具有"合法性",甚至具有了原罪,失去了其生存的土壤与空间,穆旦在 1976 年的创作不再顾及这些清规戒律,而是遵从自己内心的艺术判断和审美喜好,写出了具有更明显的现代主义特征的诗歌作品。对比穆旦在 1940 年代现代主义特征鲜明的作品,应该说这一时期的作品更为圆融、深沉、宽厚了,1940 年代其作品尚有些"浓得化不开","现代主义"在一定程度上还是知识和技艺,是学习和借鉴的对象,尚未经过生命经验的充分内化,而在三十年之后的 1970 年代,穆旦无论是在思想还是生活上都经历了更多的荒诞、破碎、绝望的现代体验,其对现代主义的理解也更为深入和内在,他的现代主义书写融入了更多的生命经验和人文内涵。相比较而言,穆旦晚期作品要更为成熟,如果不说超越了其在 1940 年代的写作,至少是各有所长、双峰并峙的。此外,就现代主义诗歌在中国当代的发展轨迹而言,穆旦与此后形成潮流的"朦胧诗"之间也有共通之处,他们之间虽然并没有直接的影响和传承关系,但无论是在现实处境、价值理念、美学取向等方面都是"不约而同"的,穆旦的写作也在一定程度上构成了孤独的"先声",从一个侧面证明了现代主义的生命力和诗歌本身的生命意志。

穆旦晚年的诗歌创作只有1976年及其前后一年稍多的时间,从他的年龄、创造力以及时代环境的变化来看,他原本可以创作出更多有冲击力、创造性的作品。长远且不说,如果他的生命能够延长三五年,他一定会有如释重负、大展宏图之感,他的诗笔也必将可以更为自由地进行书写,创作出更多的优秀作品是完全可以期待的。然而,所有的假设都只是假设而已,他只能以"未完成"的姿态而完成,留给世人遗憾与感叹。同为"九叶诗人"的郑敏曾论述道:"我觉得穆旦晚年的诗歌更有价值。40年代,他太年轻了,他的诗歌不可能真正反映人类的生存和历史,不可能真正反映民族和世界。到了晚年,他对于现实有了更真实的理解。我一直觉得,如果穆旦活过了1979年,他对生活会有更深的理解,会更深刻,会更有成就。"①诚哉斯言!不过,好在他生命的晚期毕竟重新开始了诗歌写作,毕竟还留下了这样一些诗歌作品,有它们,已经足以作为一个时代诗歌存在的证明。从这个意义上来说,穆旦又是幸运的,毕竟有那么多的人被杳无声息地湮没在了历史的黑夜之中,他毕竟还发出了自己的声音,留下了自己的印记。共和国时期的穆旦身上体现着强烈的命运感,其与时代主流的关系、其美学取向、其创作立场,其作为一位诗人、一位知识分子的

---

① 易彬:《"他非常渴望安定的生活"——同学四人谈穆旦》,《新诗评论》2006年第2辑。

经历与遭遇、心迹与命运等,均体现着丰富、复杂的内涵,包含着重要的艺术经验与教训,许多问题值得作进一步的辨析、思索与总结。

第 三 章

伊蕾：这一个自由的灵魂

　　伊蕾,1951 年 8 月 30 日生于天津,原名孙桂珍。1969年赴河北海兴县乡村插队务农,当过铁道兵、钢铁厂工人、广播员、电影放映员、新闻干事等。做过《天津文学》编辑、《天津诗人报》主编等。1974 年开始发表作品,1985 年加入中国作家协会。1984—1988 年在中国作协文学讲习所(鲁迅文学院前身)、北京大学中文系作家班学习,曾获庄重文文学奖等。1990 年代后在莫斯科生活多年,从事中俄民间文化交流,收藏俄罗斯绘画大师作品,创立天津市喀秋莎美术馆并任馆长,近年在北京宋庄亦有艺术工作室。自1987 年起出版诗集《爱的火焰》《爱的方式》《女性年龄》《独身女人的卧室》《伊蕾爱情诗》《叛逆的手》《伊蕾诗选》等,部分作品被译为英文、俄文、日文、法文、意大利文等。其代表作《独身女人的卧室》曾在 1980 年代引起较大争议,产生巨大影响,后被选入《百年中国文学经典》等重要选本，成为讨论那一时代诗歌绕不过去的作品。作为诗人的伊蕾个性独立、酷爱自由，她放弃了稳定的体制内生活，选择了一条个人化的、不无艰辛却也更少羁绊的生活道路。同时她对于世俗的成功、名利的经营等均不以为意，而是气定神闲地过着一种慢节奏、半隐居、自由自在的生活。哪怕是对于写诗本身，伊蕾也并不用力，顺其自然，但实际上，她与诗歌，与绘画，与艺术，却须臾未曾分离。她是那种将诗与人高度结合到一起，真正诗如其人、人如其诗的，或者说，她是真正将自己的诗歌实践到了人生之中，将自己的人生活成了一首诗的人。她的人生本身已然是一部作品，体现了她的态度、立场、观点、追求、审美、标准、尺度……她已无需再写诗，她的人生便是一首独一无二、富有意味、极为动人的诗篇。

伊蕾在1970年代中期开始发表作品，但她的影响和重要作品都是在1980年代开始，与"新时期"有着密切关联。在为时并不长的"新时期"诗歌中，年龄并不大的伊蕾似乎已成为某种"历史"和"传奇"，她是1980年代女性诗歌的代表性人物，得一时风气之先，广受关注、好评、争议，但她的诗歌生涯却迅即发生令人意想不到的转变：1992年伊蕾远赴俄罗斯并长期居住于此，几乎完全停止了诗歌写作。此后的她主要注意力转向了绘画收藏与创作，这种转变从另外的角度来看未尝不是一种"华丽转身"，但从诗歌的角度来看无疑留下了遗憾,她本应该创作出更多诗歌作品的。当然从另一方面来看,或许这缺憾本身也是一种美,正如艺术中的不圆满可能恰恰是圆满一样。伊蕾的独特性成就了她的价值,百花文艺出版社 2010 年出版了《伊蕾诗选》,这本诗集能够激起人们复杂的感受,一方面是感到陌生,另一方面又感到亲切:陌生在于它让人重新回忆起 1980 年代的理想主义氛围和人文理想,回忆起另外的一个"时代",而它与当今目下已经有了恍若隔世的距离;亲切在于它让人们重新感受到了一种诗人的赤子之心,本真、坦荡、敢作敢当、追求爱情、热爱自由……这样的诗歌是具有永恒性的,契合了诗歌的"本质属性"。可以说,伊蕾的诗既有着 1980 年代诗歌的印记,同时也有着超越性、普泛性,实际上,它不但不"过时",而且无论是从"诗艺"还是"现实"方面都有重读——并进行重新思量——的必要。

伊蕾是一个个性独立、热爱自由的人,她所追求的,是无拘无束,是解放自己,是反抗压制。而她的诗,是她灵魂的自由歌唱。自由,于伊蕾具有至关重要的位置,是解读她诗歌的一个重要关键词。

第一节　抒情性与浪漫主义特征

伊蕾的创作量并不算大。她自 1970 年代前期开始创作,1980年代为其创作的活跃期,1990年代前期她到俄罗斯莫斯科生活,诗歌创作也近乎停止,此后虽然也偶尔会有作品问世,但数量已完全不成比例,她的主要身份和兴趣已经发生转移(当然,内心里她并未远离诗歌,也在从事与诗歌有关的工作)。如果做一个简单的划分,可以1985年为界将她的创作分为两个阶段。第一个阶段主要以现实主义和浪漫主义为主,体现着较为明显的启蒙主义、人道主义特征;第二个阶段则具有更为明显的现代主义特征,体现出明显的女性特征,这也使得她的诗被迅速地传播,引起热议,被符号化、被经典化。

伊蕾早期的诗即褪去了1970年代主流诗歌常见的口号化、政治化的色彩,她的诗一开始即以"人"为本位,体现了对于人的观照、关怀,有较强的抒情性,情感炽热,襟怀坦白,有着较为明显的浪漫主义特征。与时行的"政治抒情诗"不同的,她的诗是以个人、个体为本位为出发点的,因而避免了空疏、概念化、理念化。伊蕾1970年代后期的作品《浪花与君》已经鲜明地体现了她此后诗歌的若干特点,一反当时社会环境中情感表达的含蓄、内敛甚至禁欲化倾向,诗中的情感表达非常直接、外向,坦率而赤诚:

　　——啊君,你为什么闯到我面前?
　　带着灼热的呼吸!
　　让我润一润你发烫的唇,

让我润一润你燃烧的心。

——啊浪花！自由神的爱女，
你情深志远，奔腾不息，
在这生活的激流中，
我愿做你忠诚的伴侣！

——啊君，你纯洁晶莹胜过那白玉，
你怎么能不知道呵，
我本是生活的汗水，
我要到咸味的大海里去。

——啊浪花，为我所爱而吃苦，
这正是我追求的幸福和甜蜜！
只恨我不是水做的骨肉，
不知怎样才能随你去？

这样的诗句通过两人之间的对话、交流，表达了一种崭新的情感表达方式，冲破了对于情感的钳制与禁锢的状态，与当时的个性解放、思想解放的大潮是契合的。同时，这样的作品虽然主要是个体之间的情感状态，但同样有着"政治"和意识形态的内涵。这样的情感状态一定意义上宣示和张扬了爱情、个体情感的合法性，而这对于"政治至上"，一切皆为政治之工具的意识形态来讲无疑是有一定的异质性和冒犯性的,它虽然没有与意识形态观念的直接交锋和冲撞,但内在是有冲突和龃龉的,一定意义上构成了对于高度政治化意识形态环境的疏离甚或解构。这自然是有着重要意义的,它实际上包含了对于“人”的重新强调,暗合了“人的解放”的时代主题,发出了时代的强音,与差不多同一时期的舒婷等诗人关于情感主题的表达相类似,均包含着对于人的价值与尊严的肯定,对于爱情合法性的强调,对于个体情感热情、真挚、自由的抒发等等,颇富意味。写于1979年4月的《瀑布》同样表达了一种赤诚、热烈的生命和情感状态,全诗很短,共分两节:

一

赤裸着洁白的肌肤,
我从山崖上飞泻,
我宁愿摔个玉碎,
照出这大千世界!

二

我若闭守在山崖,
就永远是冰是雪,
我今要一泻而下,
去寻我所爱的一切!

这里的《瀑布》展现了一种张扬、恣肆、狂放、自由的状态，赤裸、飞泻、一往无前去寻找所爱，其中所体现的是一种高峰体验、酒神状态，它是极具包孕性的瞬间，不可能持续很长时间，但却非常有意味，包含了对生命之最为可贵品质的指认和追求。此后数年，伊蕾的代表作《黄果树大瀑布》所写，可以说是这首诗的进一步扩充与深化，其内在精神与气质无疑是相贯通、相一致的。

写于 1982 年的《绿树对暴风雨的迎接》表达的也是"我"和"你"两者之间的情感关系，一般而言，均可被视为爱情诗：

> 千条万条的狂莽的手臂啊，
>
> 纵然你是必给我损伤的鞭子，
>
> 我又怎能不昂首迎接你?!
>
> 迎接你，即使遍体绿叶碎为尘泥!
>
> 与其完好无损地困守着孤寂，
>
> 莫如绽破些伤口敞向广宇。
>
> 千声万声的急骤的嘶鸣啊，
>
> 纵然你是必给我震悚的蹄踏，
>
> 我又怎能不昂首迎接你?!
>
> 迎接你，即使遍体绿叶碎为尘泥!
>
> 与其枯萎时默默地飘零，

莫如青春时轰轰烈烈地给你。

这里面同样包含了对个体情感积极、主动、热切的追求，包含了对爱情合法性的强调。其中的诗句"与其完好无损地困守着孤寂，/莫如绽破些伤口敞向广宇""与其枯萎时默默地飘零，/莫如青春时轰轰烈烈地给你"。与差不多同期的诗人舒婷的《神女峰》中的句子"与其在悬崖上展览千年，/不如在爱人肩头痛哭一晚"在句式上非常接近，其内容与气质追求也是非常相似的，共同呈现了 1980 年代前期以爱情、个体情感、个人价值为重点而实现个性解放、个体自由、个人价值等的时代性主题。它们既处于大的时代潮流之中，同时也在一定程度上发挥了引领、催生、壮大时代潮流的作用，其意义是不言自明的。伊蕾早期诗歌中有诸多与之类似的表述，比如《在陌生的铁桥畔》："我从没有见过你/却顿觉你的眉目熟悉/我们从没有亲近/却像是曾被拆散的伴侣""哦，沉重的你/坚定无语的你/朦胧中，我想象着你化作/一只强悍的手臂把我掳去//我的眼睛就像赛罗提女人/那双眼睛/痴痴地绝望地/面对着你"；再如《浪花致大海》："拯救了我的，是你澎湃的热情，/我从金刚石般的沉默中苏醒，/当我醒来，我又恐惧着，/我看到我成了你的热情的俘虏。/没有你的热情，/我唱不出任何哪怕最弱的歌，/没有你的热情，/即使最粗劣的线条我也无法描画，/离开你的热情，我就即刻凋谢，/离开你的热情，我就支离破碎,/离开你的热情,我就化为乌有。"……这些均体现着丰富、强烈的内心活动和情感态度,是凸显自我、有"我",以"我"为中心的。伊蕾写于2002年的《妈妈——》是怀念逝去的母亲的作品,同样体现着明显的抒情性。抒情的特质在她的诗中的确是一以贯之的,同时应该看到,这里面的情感态度已经发生了一些变化,由此前的紧张、激烈而变得柔和、深沉,可以说是由一个年轻、冲动的"女性"阶段而来到了更为宽厚、平和的"女人"阶段。诗中写道:"妈妈——/你安然坐在远方的云中/你的身边似有上帝的空位//妈妈——/我做了一个梦/你在梦中不断地复生/于是我夜夜等待着你/变成美丽的鬼归来//妈妈——/在清晨好像有你起床的味道/在深夜又传来你洗涤毛巾的声音/这个世界,处处有你的温热/这个大地,铺满了你织绣的花纹/你为我的命运而忧愁,直到白发/你哭泣,像十七岁的少女"——

> 妈妈——
>
> 失去了你,生活变得如此坚硬
>
> 空气失去了弹性
>
> 生命啊,是如此的空洞
>
> 我的手从没有如此贪婪
>
> 只想抚摸你温暖的身体
>
> 我的眼睛从没有如此疯狂

要在茫茫人海中找到一个你

我相信上天有灵,大地有知

我相信灵魂不散,死而复生

妈妈——

你丰满柔润,像圆满的果实

你已随风而去,像星球游走太空

我祈祷每年有一天我们能相见

我能在水中找到你纯洁的眼睛

在经历生离死别,饱尝人生的颠沛流离、酸甜苦辣之后,伊蕾诗歌的抒情在发生一些变化,此前那种装饰性较强、"浓得化不开"的语词方式已经不见了,而代之以更为客观、直接、朴质的方式,似浅而实深,更具直击人心的力量。

伊蕾诗歌中的情感表达直接、真诚,诗中主人公的态度即是诗人自己的态度,诗中所表达的观点即是诗人自己的观点,其中体现着某种古典式的"同一性"。从她的诗中,是可以清楚地看到作为写作者的伊蕾这个人的,她的情感,她的喜怒哀乐,甚至她的现实生活、情感经历都能找到一定的对应,她是将诗歌的抒情性发挥得极为明显的一位诗人。就抒情的风格和特质而言,伊蕾诗歌与中国传统诗歌中的古典、内敛、含蓄、温婉的抒情风格不同,伊蕾的抒情方式是更为现代或者说更为西方的,她的情感态度是外倾的、直接的、热烈的，是体现着更为明显的个性特征和现代内涵，有着内在的冲突与矛盾，体现着鲜明而强烈的生命意志，其中的个体不再是古典式的完整统一的个体，而是有着内部的灵与肉、情感与理智、欲望与道德、自我与他人、理想与现实、此我与彼我……之间的分歧、龃龉、博弈、挣扎，此中的抒情主体其内涵与古典时代的抒情主体是不可同日而语的，而是更为丰富、复杂、多元、立体的，是具有更多面向和可能性的。这种状况自然是与现代社会的发展，与现代人的现代处境和现代经验息息相关，它更具现代性，具有更丰富的内涵和更强的表现力，更新了诗歌的表现手法和技艺，具有极为重要的意义。伊蕾的诗歌显然应该在这一体系和进程中进行观照，它所具有的浪漫主义特征，也并非古典式的浪漫主义，而是有了更多的现代主义成分，其写作主体是一个现代主体，其所表达的情感是一种现代情感。伊蕾诗中的这种浪漫主义，实际上兼有浪漫主义和现代主义的特征，有着比较明显的象征主义、表现主义、未来主义、自白派、存在主义等成分，这使得她的诗同样参与和促进了中国当代诗歌前进和变革的过程，并在此过程中显露出了自己的特色，在历史上留下了自己的印记，也正是因此，伊蕾虽然作品并不算多，其从事诗歌写作的时间也不算长，但是却不可忽视、绕不过去。她在特定的历史时期写下了具有超越性、经典性的作品，她自己也成为了经典诗人。

第二节　紧张感、挣扎与挣脱

伊蕾的诗热情而奔放,具有丰沛的生命能量,她真诚地表达自己,敢爱敢恨,丝毫没有遮掩和避讳,而同时,她又是痛苦的,是充满内在冲突和复杂性的,与外界与内心追求之间的关系是紧张的,总是处于"求而不得"的状态,因而她的诗又充满了异乎寻常的挣扎、孤独、反抗、痛楚,这是一体两面,热情与真诚加深了她的痛苦与孤独,而孤独与痛苦反过来使她更为坚定、决绝地追求热情与真诚。写作于1985年9月20日的《黄果树大瀑布》是伊蕾"早期"的代表作,充分体现着她诗歌中生命力勃发、"求之不得"、勠力抗争的特点:

> 白岩石一样砸下来
>
> 　砸
>
> 　下
>
> 　来
>
> 砸碎大墙下款款的散步
>
> 砸碎"维也纳别墅"那架小床
>
> 砸碎死水河那个幽暗的夜晚
>
> 砸碎那尊白腊的雕像
>
> 砸碎那座小岛,茅草的小岛

砸碎那段无人的走廊

砸碎古陵墓前躁动不安的欲念

砸碎重复了又重复的缠绵的失望

砸碎沙地上那株深秋的苹果树

砸碎旷野里那幅水彩画

砸碎红窗帘下那把流泪的吉他

砸碎海滩上那迷茫中短暂的彷徨

把我砸得粉碎粉碎吧

我灵魂不散

要去寻找那一片永恒的土壤

强盗一样去占领、占领

哪怕像这瀑布

千年万年被钉在

　　悬

　　崖

　　上

这里的"瀑布"很大程度上即是生命本体的象征,它是自
由、狂放不羁、不计利害、不管不顾的,契合了生命的自由本
质,本身即是伊蕾对于理想的生命状态的描摹,或者说是伊
蕾自我形象的外化。这首诗是伊蕾的成名作,在她整个的
诗歌谱系中具有一定的象征意义,与其后面的影响更大、引
起争议的作品如《独身女人的卧室》也是具有内在的联系

和延续性的。

　　一般地说,伊蕾诗歌中有一个隐形的、对抗性的关系结构存在,如福柯所阐释的,关系即权力:"世界"于"我"是压迫性的、他者的,因而"我"只能左奔右突、奋起反抗;"爱情"于"我"是缺席的,因而"我"会不顾一切、飞蛾扑火般地去追寻;本真的"我"已经失去,或者受到了威胁,因而"我"要自我放逐,去流浪,去过另外的、想要的生活……换句话说,自由是缺乏的,而它如此重要,诗歌写作的意义就在于对自由的追求。她的诗中有一系列诸如"被围困者""独舞者""流浪的恒星"的意象,它们既是伊蕾诗歌的题目,也是其诗歌中具有代表性、富有阐释力的意象,其中体现着伊蕾诗歌的内在密码。

　　《被围困者》一诗典型地代表了伊蕾对自我与外界之间关系的一种认知和认定,甚至可以说这是理解伊蕾精神世界和诗歌世界的一把钥匙。"被围困"既是一种被动处境,也是主体高度自觉、高度敏感的结果,是行动与改变的开始。这首诗的第一节名为"主体意识",仅两行:"我被围困/就要疯狂地死去",作者一开始便把自己推到了一种孤绝的、深渊般的处境中,在作者看来,这不是某种"结果",而仅仅是一个开头,是出发点,更重要的是如何行动和改变。这首诗共十二节,第二三节分别名为"我要到哪里去"和"我是谁",第四节名为"我不明白我自己",第十节名为

"我的意义不确定",第十二节"我把我丢失了",仅从各节的名字上就可以看出其中有很多本体性、终极性的哲学追问,是对于"被围困者"的多层面的观照与关怀。她这样写"我是谁":"光荣与羞耻属于这张脸会怎样?/属于另一张脸又会怎样?/我在为谁恪守戒律?/我是谁?/我的朋友,你为什么还不来/来看看我现在是谁/我将变成谁";写"我不明白我自己":"我希望我是白色/像天使的颜色/而天使果真是白色的吗?/无论恐惧的和崇拜的我都不太了解/我为什么要恐惧和崇拜呢?/我真不明白我自己/我永远也不会完全了解我自己";她写"被缚的苦恼":"被缚的苦恼不如死/我在偷偷积蓄经验/酝酿一次爆炸行动";她如此写"我的意义不确定":"我在大庭广众下诉说秘密/毫无秘密/人们从一百种角度观察我/得出一百种结论","我本来是不确定的/我的意义也不确定";而在"我把我丢失了"中,她写到了自我的"丢失"与"失而复得",颇为耐人寻味:

> 不知是哪一天我把我丢失了
>
> 我惊慌失措,全副武装去找我
>
> 到处都是我的弃物
>
> 诗集生了锈
>
> 道德已经腐烂
>
> 情书枯萎
>
> 还有许多意外收获

只是没有脚印

老朽的和新鲜的道路纵横交错

到处都是我的气息

到处没有我

我精疲力竭再也抬不起双脚

终于倒在天空下

忘掉了一切

哦,我突然感觉到了我

我在大地上嘣嘣跳动

我的形态和天空合为一体

我包罗万象无所不有

这里面的主体是颇具现代性的,寻找自我的过程是一个充满矛盾、充满复杂性的过程,自我内部也不是完整、统一的,而是具有充分的现代性的。由"丢失"而最后找到的自我具有丰富的内涵和丰富性,有着鲜明的主体力量,这是一个找到自我的过程,同时也是自我成长的过程,在偏重于浪漫主义的艺术表达方式中包含了现代主义的内涵,颇富意味。更值得注意的是,全诗在除第一节之外每节的末尾,都是相同的一句"我无边无沿",这显然并不仅仅是出于某种节奏或形式上的考虑,更不应被视为投机取巧,实际上它比诗中任何一行都更为重要,它是这首诗的"诗眼"。"被围困者"与"我无边无沿"构成了这首诗主题的一种二律背反,表面上矛盾,然而仔细思忖又觉妙不可言、大有深意存焉:正是因为感受到"被围困",所以才有挣脱的冲动和对"无边无沿"的追求;也正因有着对"无边无沿"的渴望,才更清楚地意识到了现实中的"被围困",两者是相反相成的,极具张力。

写于 1988 年的《独舞者》可以被看做诗人伊蕾的自白或自画像,全诗不长,仅十五行:

心灵的苦难伸出舌尖

和长发一起飘摇

每一块肌肉都张开口

发出尖锐的嚎叫

活生生的肉体的气息在弥漫

挣扎着的肉体

要把灵魂撕裂的肉体

落入了噩梦

一株疯了的玫瑰

在飞舞

把鲜血的颜色涂满空中

涂在我滚动的心潮上

涂在我洁白的手上

在暗淡的光中

枝叶飘零

在这首诗里她描画了一位痛苦、孤独、焦灼的舞者形象,有理由相信,这个舞者正是诗人自己。这是一个张扬凌厉、充满紧张感和破坏性的主体,因为处身于一个极度否定性、不利的环境中,她只能保持一种"战斗"的状态,迎接挑战,而且自我本身也是分裂的,"此我"与"彼我"之间是紧张对峙的,"我"是孤独的,这种孤独不但面向外界,同时也面向自身,因而是彻头彻尾的孤独。伊蕾的这种"独舞"很大程度上是一种反抗,一种主动选择,是主体的生命意志和价值取向的体现,她与现实的关系不是封闭而是敞开的,不是如通常所见某些女性诗人脱离现实、自我陶醉,看似高雅实则庸俗的"自恋"。正是由于"独舞"之孤独,她才喊出了惊世骇俗的"你不来与我同居",也正是由于这种孤独,她一次次地写到了流浪,而且由思想及行动,在现实生活中也选择了"流浪"。

"流浪"是从世俗秩序中出走,是对现实之中各种压抑机制的拒绝,也是对未知事物的追求,所以,"流浪"一定程度上也与"自由"同义,伊蕾说:"走吧,我们去流浪/流浪的生活是自由的生活/流浪者的法律是自由万岁"(《情舞》)。在《流浪的恒星》中,"流浪的恒星"太阳与主人公"我"合而为一,拥有了共同的"流浪"的命运:"太阳啊,你皮肤如此粗糙/满是伤疤/我已经衰老/至今无家可归/我在被囚中到处流浪/我在流浪中到处被囚"。自由是流浪的同义词，而同时，自由也与深渊近在咫尺："树枝编成罪恶的荆冠/疆域无边/自由的鲜花在思想的大火中焚毁/只剩下不朽的锁链/我试着迈出自由的一步/只一步/就接近了万丈深渊"，如此，深渊也便成了流浪者的必然处境，成为追求自由必然要付出的代价。被"围困"、被束缚是一种宿命，而同时，反抗宰制、追求自由是另一种宿命：

> 自由！与生俱来的一物
>
> 被社会一寸一寸地剥夺
>
> 我落地生根，即被八方围困
>
> 我学会走路，便被锁链而牵
>
> 我学会说话，便越来越恐惧地选择语言
>
> 我学会爱，便面对一万个先决条件
>
> 当思想还没有成熟，身体却成熟了
>
> 像需要呼吸，需要吃饭一样
>
> 我需要身体所需要的一切
>
> 我抑制得就要枯萎了
>
> 我必须离开既定的禁地
>
> 为了健康的生存
>
> 抛弃所有的奢求
>
> 我用尽人类高于动物的所有智慧

为了追求与动物同等的权利

悲哀呀,悲哀得没有眼泪

我终于只有流浪

这里面有着对"不自由"的剖析,更有着对于自由的热忱的追求。尤其值得重视的是,这种对于自由的追求是具有身体性的,是从身体从生命的本体需要出发,是由内而外生长出来的,而不仅仅是一种外在的理念、观念。正是由此,自由才是更值得追寻,更有价值的。她这样写流浪中自己的处境:"在我所到之处没有不可忍耐的荒凉/因为我的灵魂曾比这更荒凉/无论黑夜或者暴风雪之中/我不感到灭顶的恐惧/因为我的灵魂中有一个魔鬼/它比任何东西都令我恐惧/啊,我的灵魂经受过一切灾难/它再也不会被摧毁";而对于自己作为流浪者的命运,她如此的描写堪称深刻、让人深思:"请不要忘记有一颗流浪的恒星/它的肉体被囚禁/它的灵魂将终生流浪/你也许会在一片草丛里找到它/那时候,对于你所见到和听到的一切/不要声张"。也许,这就是流浪者的宿命,但同时,又是流浪者的光荣。

第三节 "女性",而不"主义"

伊蕾诗歌所呈现的是一位具有独立性、反叛性、行动力的女性形象,她拥有对于自己身体的自主性和支配权,拥有明确的主体意识和价值诉求,这也是她被视为女性主义诗人的原因所在。写于 1986 年 9 月的《独身女人的卧室》是伊蕾影响最大的作品,在当时也引起了巨大的争议,甚至被视为洪水猛兽而遭到批判、挞伐。《独身女人的卧室》中"女性主义"特点有明显体现,其中多次出现的"你不来与我同居"这一颇具魅惑色彩的诗句,一改以往女性含蓄、内敛、被动的形象,转而变得直接、大胆、主动,曾让许多人感到惊讶甚至不安。这里发出的是女性主体的声音,如果说此前很长时期里女性的声音即使不是缺席的至少也是微弱的,虽然朦胧诗时期的舒婷等发出了具有女性特征的声音,但她们更多还是停留在普遍意义上的人的尊严、价值、权利等层面,其女性色彩尤其是女性主义色彩还并不明显,但80 年代中期的翟永明、伊蕾等则开始确立了女性的主体地位,她们发出了真正女性主体所独有的声音,这显然比之此前更进一步,更具"革命性"了。"独身女人的卧室"本身是一个具有神秘感甚至挑逗性,有着性意味的空间,伊蕾的书写也具有明显的对于女性身体、心理甚至性意识的观照、剖析,比如她如此写"自己":

> 顾影自怜——
> 四肢很长,身材窈窕
> 臀部紧凑,肩膀斜削
> 碗状的乳房轻轻颤动

每一块肌肉都充满激情

我是我自己的模特

我创造了艺术，艺术创造了我

对于女性身体的书写健康而自然，毫不惺惺作态，这样的书写在此前是不多见的。而关于"窗帘"之后自我的世界，她写出了其私密性和自主性：

白天我总是拉着窗帘

以便想象阳光下的罪恶

或者进入感情王国

心理空前安全

心理空前自由

然后幽灵一样的灵感纷纷出笼

我结交他们达到快感高潮

新生儿立即出世

智力空前良好

如果需要幸福我就拉上窗帘

痛苦立即变成享受

如果我想自杀我就拉上窗帘

生存欲望油然而生

拉上窗帘听一段交响曲

爱情就充满各个角落

这其中对于身体对于欲望合法性的书写,相对于传统的道德主义色彩明显的"温柔敦厚"的写作而言无疑是离经叛道的,是有问题、"不正确"的。这样的书写是有着冲击力和冒犯性的,其引起诗歌界甚至社会公众层面的热议是有原因的。当然,站在当今的立场来看,这本身也是其价值意义的体现,这种冲击和冒犯本身是有其历史和文化的进步意义的,是文明进步的表征,是一种"解放"。其中的"度"或许有失当,有矫枉过正之嫌,但对于冲破一种形成了极强惯性的、超稳定的文化结构和文化秩序来说,一定意义上又是必须的,哪怕是作为一种策略也是有其合理性和必要性的。再如其中对"女士香烟"的书写:

> 我吸它是因为它细得可爱
>
> 点燃我做女人的欲望
>
> 我欣赏我吸烟的姿势
>
> 具有一种世界性美感
>
> 烟雾造成混沌的状态
>
> 寂寞变得很甜蜜
>
> 我把这张报纸翻了一翻
>
> 戒烟运动正在广泛开展
>
> 并且得到了广泛支持
>
> 支持的并不身体力行
>
> 不支持的更不为它做出牺牲

谁能比较出抽烟的功德与危害

戒烟与吸烟只好并行

各取所需

是谁制定了不可戒的戒律

高等人因此而更加神奇

低等人因此而成为罪犯

今夜我想无罪而犯

这里面对于女性尊严、女性价值的强调是明显的,其所体现的意识形态观念尤其值得重视。无疑,这种对于女性特质的强调在中国新诗史上是有着极为重要的节点性和标志性意义的,它之被人热议、广为人知,成为讨论这一时期诗歌史绕不过去的作品是有其内在原因的,同时,在更长的历史长河之中,它之成为中国新诗史上的经典作品也是值得期待的。

如上所述,在《独身女人的卧室》中,多次出现了镜子、卧室、浴室、窗帘、女士香烟等极具"女性主义"特征的意象,这很大程度上标志着当代诗歌中女性的"觉醒",这不但是身体的、思维的觉醒,同时也是语言和感知方式、表达方式的觉醒,具有重要的意义。女性主体的表白在如下的诗句中体现得非常明白:"她自言自语,没有声音/她是立体,又是平面/她给你什么你也无法接受/她不能属于任何人/——她就是镜子中的我/整个世界除以二/剩下的一个单数。"这里面的表述颇富意味,其中的主体既是一位现代、丰富、不可定义,争取个体权利、尊严与自由的女性,同时也是伊蕾自身的自画像,她自己也"不属于任何人",是一个独来独往的自由个体,是"整个世界除以二/剩下的一个单数"。彼时的她尚处于恋爱之中,在生活中并不是"单数",但或许是内心深处一直有着自我的立场,或许是对自己的生活道路和艺术道路有所预知,总之很像是一语成谶,伊蕾在此后的确基本是作为一个"单数",作为一个"独身女人"而存在的,这是她的道路和选择,或许也是她的宿命。时隔三十年,伊蕾在其《〈独身女人的卧室〉三十岁小记》(据分析"大概也是她此生中最后一份手稿")中着重强调了其中"爱的自由"的意义:"而爱的自由是本质上的自由,爱的自由是我们与生俱来的权利。不是等待被给予,而是要不惜代价地得到它。""战胜恐惧,得有我们的爱的自由!"[1]这无论是在她的诗歌还是她的现实人生中,无疑都是有着极端重要的意义而且一以贯之、不移不易的。

伊蕾关于身体、关于性的书写在当时引起极大的争议和道德恐慌,在当今的时代条件下,拉开了一定的距离,我们可以看得更清楚一些。实际上,关于女性身体以及性爱,伊蕾是以一种中性、非道德化的眼光来对待的,既没有将其

---

① 伊蕾:《〈独身女人的卧室〉三十岁小记》,微信公众号"追蝴蝶",2018 年 9 月 12 日。

罪恶化,也没有将其欲望化;既没有过度贬抑,也没有过度拔高,而是一种客观的面对和真实的表达,在道德主义和禁欲主义积重难返的文化氛围中这无疑是一种"去魅",具有积极的意义。比如这样的诗写:"像需要呼吸,需要吃饭一样/我需要身体所需要的一切"(《流浪的恒星》);"你再也找不到比我更纯洁的肉体/我的肉体,给你财富/又让你挥霍/我的长满青苔的皮肤足可抵御风暴/在废墟中永开不败"(《我的肉体》);"把我镶满你的皮肤/我要和你一起盛开/让我的嘴唇长成你的花瓣/让你的纸条长成我蓬松的头发"(《迎春花》)。《我的肉体》写的便是女性的身体,直接、坦诚,在当时的语境中可谓惊世骇俗:

> 我是深深的岩洞
>
> 渴望你野性之光的照射
>
> 我是浅色的云
>
> 铺满你僵硬的陆地
>
> 双腿野藤一样缠绕
>
> 乳房百合一样透明
>
> 脸盘儿桂花般清香
>
> 头发的深色枝条悠然荡漾
>
> 我的眼睛饱含露水
>
> 打湿了你的寂寞
>
> 大海的激情是有边沿的

而我没有边沿

走遍世界

你再也找不到比我更纯洁的肉体

我的肉体,给你的财富

又让你挥霍

我的长满青苔的皮肤足可抵御风暴

在废墟中永开不败

这是对肉体、身体的礼赞,具有明显的女性特征,包含了对女性身体被忽略、被羞耻化、被欲望化和符号化的反对,同时也包含了对人的身体本身、对人的生命存在的观照、礼赞。伊蕾诗中所呈现的这种对生命的态度,其中所包含的生命激情、生命意志、生命态度主要地体现了她艺术构成中的浪漫主义因素,当然,她的诗中同时也包含着自我疑问、辩驳、互否的现代主义特征,比如《梦中头颅》中这样的书写:"我在空旷的天空/俯视着地上的头颅/这颗头颅/大地的最后的晚餐//啊,这颗头颅/依然张开着嘴唇/嘴唇鲜艳如花/好像迎接着初吻//啊,这颗头颅/吐出蓝色的烟雾/没有身体的《思想者》/依然是如山的重负""啊,这颗头颅/从地下复长出身体/他大步向前走去/像去赴神圣的使命",这里面体现着明显的现代主义特征。伊蕾诗歌的身体书写兼具浪漫主义和现代主义特征,有着很强的人文性和感染力,它有其时代特征,同时也有超越性、普遍性的意义。1970后的诗人朵渔如此谈论伊蕾诗歌与"身体写作"：
"伊蕾的身体抒情不是狭隘的性别意识的觉醒，不是小女
子的幽怨，而是更为原始的生命激情的喷发，是真正的'身
体写作'。时隔十数年后，当我们这些新一代写作者们玩
起撄犯身体伦理的写作行为时，真应该向伊蕾加额致
敬。"①另外需要注意的一点是，伊蕾关于身体和性的书写
并未将之当做唯一的、至高的目的，而是与精神性、价值维
度相关连的，或者说，即使是关于形而下的书写，也是与形
而上相结合的，这一点与此后消费主义时代氛围中关于身
体和性的单向度、欲望化处理明显不同，很大程度上后者的
身体书写有更多的"享乐主义"特征，成为一种本体、自足
的存在，但却有着单向度、丧失精神维度的危险。两相比
较，可以看出伊蕾诗歌具有明显的1980年代的理想主义和
人文主义特征。

　　但伊蕾还有另外一面，或者说她有更为"女人"的一
面，她为爱痴狂，视爱如归，义无反顾地追求爱，甚至她就是
为爱而生的女人。这样的诗行在她的作品中所在多有：
"哦，沉重的你，/坚定无语的你/朦胧中，我想象着你化作/
一只强悍的手臂把我掳去//我的眼睛就像赛罗提女人/那
双眼睛/痴痴地绝望地/面对着你"（《在陌生的铁桥畔》）；

---

　　①　朵渔：《犹如雷电击碎大海……》，2010年4月22日《南方都市报》。

"让我的理智从此漆黑一片／我愿意被你主宰""两束目光相撞成为闪电／赤裸的热情无处躲避／我放弃所有无谓的挣扎／唯一的道路化为乌有／(我不知道向谁请教)／向左还是向右／我来不及顾念后果／向前是盲目,向后还是盲目／即使乐曲永无止境／即使它在下一秒钟立即终结／你的目光使我堕入深渊／我因此死而无憾"(《情舞》);"像黝黑的水泼在我身上／像岩浆陡然把我覆盖／我融化了／变成你胸前的一掬灰烬","可是,当我背转身去就想再见你／即使山洪没顶／即使误入深渊／只要再见你"(《像黝黑的水泼在我身上》)。从这些诗句来看,作者不但是"女人",甚至是一个"小女人",根本就不"女性主义""女权主义"。对于有的论者将伊蕾归为"女性主义诗人",我认为值得进一步辨析。伊蕾的一些诗确实具有女性主义特征,但总体而言她的诗并非典型的女性主义诗歌,以女性主义名之实际是将其简单化、符号化了。诗歌评论家张清华指出,虽然伊蕾的一些诗具有相对于男性中心和男权话语的尖锐性与挑衅性,女性意识明显,"但另一方面,伊蕾似乎对男女两性关系的思考又更加辩证,因为说到底女性永远与男性互为依存,因此这种反抗和挑战就命定地包含着不可逃避的悖论,伊蕾对这一点的认识堪为深刻独到"①,这种论断应该说是

---

① 张清华:《复活的女娲长歌当哭——当代中国女性主义的诞生与女性主义诗歌》,《文学评论丛刊》1999 年第 1 期。

比较全面和深入的。女性主义很容易进入的一个误区是将所有问题都归因于其对立面、假想敌——男性，而忽视了对于各种权力关系更为复杂而深入的分析和探查，她们忘记了实际上男性并不见得就是必须被打倒的对象，两性之间关系的平等、融洽、和谐才是更合理也更重要的，否则就有可能矫枉过正成为"女性霸权主义"甚至"女权法西斯主义"。伊蕾是一个热爱自由的人，她不愿承受外来的压制，但同时也不愿成为压制别人的人，相反，对于自己所信任、所热爱的事物，她可以不顾一切，甚至放弃自我去追求，这更显示了一种赤诚、无私和坦荡。有评论文章《无伴奏的天鹅之死——伊蕾诗歌女性意识的迷失与艰难回归》①认为伊蕾的诗歌存在着"女性意识迷失"的问题："她笔下接近完美、深受女性崇拜的男性形象，有这样的文化意义，既表达了新时期以来相当优秀的女性知识分子对理想男性的渴望，但同时，也流露出她们自身的不够自信，和对以'父/男'为象征形式的男性权威者的出于历史惯性的依赖和依附心理。"甚至认为伊蕾的若干关于爱情的热切表白"把女性的自尊和理性抛到了一边，完全沦为畸形的依赖男性的奴隶。"这里面或许有着不同世代人之间"代沟"的问题以及时代环境变化的问题，但总体而言，我认

① 　孟芳:《无伴奏的天鹅之死——伊蕾诗歌女性意识的迷失与艰难回归》，《名作欣赏》中旬刊 2009 年第 1 期。

为这种观点是值得商榷的。伊蕾诗中所写的女性在爱情中的主动、热情与女性对于"男性权威"的依赖没有关系，而是爱的能力的一种体现，就像一位男性呕心沥血、赴汤蹈火去追求自己所钟情的女性也与"女性权威"无关一样。认为这些诗里女性意识缺失的观点恰恰是对于"女性意识"浮浅、皮相的理解，也是对于伊蕾精神追求的严重误读。正是因为懂得爱，有高度的自主性，她才会如此热烈、奔放地去追求自己的所爱，这恰恰是独立性和个性解放的表现，而不是相反。在情感关系中，伊蕾是外向型的，她是为爱、为自由而生的，她追求爱、追求自由是不计利害、不顾后果的，犹如飞蛾扑火一般，但是，这背后仍然是有理性作为基础的，她仍然是有标准、有原则的，她是一个独立的、自由的个体，只有她认为是"值得"去爱的时候她才去爱，当爱远去，她也会毅然决然地返身而去，而绝不会在世俗逻辑、在"男性权威"的笼罩之下委曲求全，这一点对于理解伊蕾是非常重要的。

第四节 "为自由而生，为自由而死"

"自由"于伊蕾而言有着极端重要的意义，伊蕾的诗歌即是对自由的歌唱，她的爱、她的逃离、她的流浪，都是她追求自由的体现，她的诗中关于个人/社会、女性/男性、自我/

他者等的书写,都能够在自由／反自由的框架中得到解释。"自由"首先便意味着"不自由",正如卢梭所言"人是生而自由的,却无往不在枷锁之中",伊蕾关于自由的观念从来不是抽象、先验、绝对化的,而是在具体性和多样性中展开的,是与时间、空间紧密结合在一起的:"自由,与生俱来的一物／被社会一寸一寸地剥夺／我落地生根,即被八方围困／我学会说话,便越来越恐惧地选择语言／我学会爱,便面对一万个先决条件"(《流浪的恒星》)。所以她既有这样热烈、粗犷的对自由的追寻:"把我砸得粉碎粉碎吧／我灵魂不散／要去寻找那一片永恒的土壤／强盗一样去占领、占领／哪怕像这瀑布／千年万年被钉在／悬／崖／上"(《黄果树大瀑布》),也有较为温婉、沉静的对自由的领悟和感怀:"静静的火焰从四肢升起／静如处女／静如霜后的北方／红叶满山／静如我初对你／静如我当年难以启齿说爱／静如我死后一百年／／折箭为誓／指天为誓／或者以死为誓／何如默默无言"(《自语》)。伊蕾的《和惠特曼在一起》中对于自由有着直接抒发,既是对惠特曼之自由精神的致敬,同时也包含了她对于自己精神追求的价值期许。

伊蕾是一个拒绝被归类、被整合的诗人,她与文学史命名,以及形形色色疾速更迭的各种"主义"无关,她只是她自己。如果一定要说"主义"的话,可以说她是一位理想主义者,以及广义上的自由主义者,她从未失去对于理想的追寻、对于自由的向往,即使为之经历磨折和苦难,她也从未放弃这一点。所以,虽然她的诗歌写作差不多在1990年代中前期已经停止,但她的诗心、诗情并未消泯,她在人生中书写着另外的诗的篇章。她是将诗与人、生活与写作高度结合、高度统一在一起的,达此境界的可谓少之又少,同时,这样的诗人、诗作才更能够穿越时间的尘埃,打动不同的心灵。在《流浪的恒星》中,她发出了这样的自由的强音:"我走得太累太累了/缓缓地倒在白云下/苍鹰啊,啄食我自由的灵魂吧/我为自由而生/也为自由而死"。"为自由而生,为自由而死"确可作为伊蕾一生的写照,这是她的信念和追求,也是她身体力行,在生活之中所实践的。美国的自由诗人惠特曼被伊蕾视为偶像,她在《和惠特曼在一起》中写道:"和你在一起/我自己就是自由/穿过海洋,走过森林,跨过牧场/我会干各种粗活//看着你/像看我自己那样亲近而着迷/你的额头,你的健壮的脚/如同我的一样美丽"——

> 我和你,和陌生的男人女人们在一起
> 和不幸的、下贱的、羞耻的人们在一起
> 在一个被单下睡到天明
>
> 你捧来一把草叶
> 你说:这就是真理

我抱来一丛迎春

我说：这就是真理

从海上吹来的风是真理

一只小兔子的咀嚼是真理

一个健康人的欲望是真理

那些最隐秘的、最难堪的念头是真理

一个文盲所知道的一切常识是真理

我就是真理

惠特曼

你的草叶在哪里生长

哪里就不会有真理的荒凉

惠特曼

如果地球上所有东西都会腐朽

你是最后腐朽的一个

　　伊蕾与惠特曼确实在诸多方面具有相似性，不仅仅是在自由追求、自由精神以及诗歌的自由体式方面，也在于对于自然、社会、人生的态度，人与人之间的平等、宽容、自我实现等方面。伊蕾由诗歌而绘画，由中国而俄罗斯复返回中国，在中国由天津而北京而不停地搬家，喜好旅游，了无牵挂，随时准备说走就走，对于新生事物的拥抱，对于"事业"的并不用力经营，对待众人的无差别心、无等级观念，对待朋友的体贴、关爱、事无巨细、毫无利害考量，如此等等。她的确是一个将诗歌移植到了生活之中的人。哪怕她后来基本上不再写诗，但实际上越到后来越可以看出，她的生活即是她的作品，她是真正以生活为诗的人，是将诗与生活、诗与人合而为一的，这恐怕是比单纯地写几首好诗更难同时也更具意义的。与伊蕾相知很深，对她的生活与她的创作都非常了解的评论家黄桂元在纪念伊蕾的文章中指出："伊蕾的诗歌写作，因爱情而荣枯，而盛衰，而生灭，是没办法的事。伊蕾说，'我的诗中除了爱情，还是爱情，我并不因此而羞愧。爱情并不比任何伟大的事业更低贱'。伊蕾与爱情是同一的，相融的，互为养殖，难以剥离。这意味着，爱情的烟消云散，对于一位爱情至上主义者，差不多就是写作生命的'大限'。""从俄罗斯回来，伊蕾一度深居简出，偶尔出现在诗歌活动场面，也是沉静如旧，并不多言。她平易近人，与人为善，与那些自视甚高、骄矜冷漠的名家大咖形成了鲜明对照。曾经沧海，看淡一切，她已经不是当年的伊蕾了。她的名字已经成了符号，写不写诗，都是伊蕾。""她把在天津的'喀秋莎美术馆'当成了沙龙。后来她把家安在北京宋庄，工作室干脆就叫'伊蕾家'，接待络绎不绝的来客是她的日常生活内容。她亲自下厨，做俄氏风味的西餐，一同享受小资情调十足的鲜花、烛光、美酒、咖啡、美术、音乐。我看过伊蕾与友人在一起抽烟的照片,如她所说,'男人抽烟更像男人,女人抽烟更像女人'。她期待宴席不散,朋友常来,一再表示,'这里就是你们的家,我就是看家的妈妈,你们随时过来,我在家里等着你们'。即使仅仅一面之交,甚至刚刚认识,她都会发出热情邀请。"这些对伊蕾生活状态的描述是非常准确而深入的,他并进而分析道:"我宁愿认为,由于爱情神话的破灭,伊蕾改变了自己,这是个被动到主动的过程。她把早年那种尖锐的爱,挣扎的爱,煎熬的爱,飞蛾扑火的爱,化作宽厚的、温和的、慈祥的、浩瀚无边的友情播撒开来,把小爱变成大爱,把个爱变成普爱,在世俗中与大家分享着爱的'亲和力'。"①伊蕾在宋庄的好友、诗人巫昂曾如此回忆道:"伊蕾是自己的生活理念宣讲师,她像个牧师一样说自己不定居的教义,两三年一定要搬一次家,这里住住那里住住,她有丰盛的、流动的、向上的能量。""伊蕾是永远自由的体质,受不了一点儿束缚,一个诗人在中国,过得最像个诗人的就是伊蕾那个样子了,瘦瘦的,越剪越短的头发,她总是在寻找很轻的,卷起来不占一点儿地方的衣服,出远门可以用。"②伊蕾与人群、与世界实际上也是这样一种自由的关系,不是互相盘

①　黄桂元:《浪迹的永生》,《天津文学》2018 年第 9 期。
②　巫昂:《我不属于任何一块领地。我要走遍天下。我无边无沿。》,微信公众号"宿写作中心",2018 年 7 月 14 日。

剥、占有，而是互相尊重，互相成全。这种自由特质成全了作为诗人的伊蕾，以及伊蕾生活中的诗意、洒脱、特异，当然，其中应该（甚至必然）也有着不为人知的艰辛与苦涩，这些，伊蕾独自承受着，她留给世人的，是她的诗、她诗意的人生轨迹和自由的个体灵魂。

而诗人离开人世的方式也颇具"自由"特质和诗意特征。2018年7月13日，伊蕾在冰岛旅行期间因心脏病突发而去世，她的生命以一种非常意外的方式而猝然停止，时年六十七岁。伊蕾是将诗歌与生命合二为一，以生命为诗、以行动写诗的人，她的生活确乎是一种诗意的状态，曾被描述为"我是流浪汉：搬五十次家，行走六十国"，她的家中如客栈般人来人往，旅行占据她生活中的重要位置。伊蕾曾说希望自己今生能够行走一百个国家，并已走过六十多个。而今，冰岛已然成为她去过的最后一个国家，六十多的数字也不能不停止而不再变动，这自然留下了遗憾。而从另一角度来看，伊蕾一生都是在路上，都是在诗意的旅途中的，她的心中有念想，眼中有美景，她是在轻松惬意、风景如画的旅途中，以较为自由而非长期遭受病痛折磨的方式离开人世的，如此对于诗人而言未必不是一种好的归宿。如此的方式，或许也正是对于诗人一生的较好的收束与成全。关于这一点，诗人朵渔在纪念伊蕾的文章中曾写道："其实想想也觉得挺好的，一个人消失在自由自在的旅途中，身影渐渐模糊了,这个世界再与她无关。我们早晚都要离开,早一点晚一点也没什么。只是离开的方式,和要去的地方,多少还是有点重要。要有自己的风格。伊蕾就是太有自己的风格了。"[1]

的确,作为诗人的伊蕾是自由的,而这样的离去一定意义上也是距离自由最近的,这样的离去也可看做是对其一生的写作,和对其诗意追求的成全。在写于1990年的《夏》中,她写到了夏天、死亡,甚至也写到了冰雪,如今读来不无一语成谶的意味:"我在夏天死又回到夏天/北方传来红莓花的清香/金黄的钟声接连地响/轻易地推开门窗/让从古至今的音乐浅浅荡漾//日复一日/白色的火焰在天空流浪/当凉风吹来/黑色的牡丹投下阴影/我们守候着绿色的木栅/在大雨中看它变成柔软的水/流淌""我在荒凉的野外行走/在穿过落叶的时候/烧成四肢舞蹈的篝火/当我化成纯洁的灰烬/干燥的心闪闪发光//甚至在极目不到的远方/我听到冰消雪化/我在所有的水中照耀我/成为举世单纯的一物。"夏季是生命绽放、极美丽、极灿烂的季节,而诗人却由之感到了死亡,甚至由之表达了对死亡的钟情:

　　夏天在日日销蚀

　　夏天就要死了么?

---

　　① 朵渔:《一份简短的怀念》,微信公众号"追蝴蝶",2018年7月14日。

我坐在夏天里日日生根

我要随夏天去了么？

噢,你不朽的夏天

被蛇紧紧缠绕的夏天

鲜花遍体的夏天

耳朵,嘴唇,眼睛长成叶子的夏天

头发长成青草的夏天

人子热烈的祈祷夏天

如火如荼的灵魂夏天

永不安眠的夏天

生死相连的夏天

轻如鸿毛的夏天

重如泰山的夏天

赤裸如初,壮美如初的夏天

矢志不移,终生不渝的夏天

我永生的恋人夏天

我在夏天重生重死

让夏天一口一口把我吞食吧

让我残破的肢体

腐烂在夏天

可以说,这其中体现的关于生命与死亡的理解正是一种自由关系,生之自由、死之自由,来去自由,随心所欲,随遇而安。她诗中所描写的死,最后成为了现实中她死亡的方式,这未必仅仅是偶然,或许也正是诗神、命运之神对于一位诗人的成全。

第 四 章

徐江：一意且孤行

　　徐江,1967 年生于天津,1985 至 1989 年就读于北京师范大学中文系。大学毕业后曾为中学教师,后辞职从事个体写作,涉猎较广,主要包括诗学评论、影视评论、文化批评等,近年在天津社会科学院出版社从事图书出版工作。1991 年创办诗歌民间刊物《葵》,坚持至今。徐江 1990 年代进入诗坛,属于"民间写作""口语写作"的代表性人物,出版诗集《雾》《雨前寂静》《杂事诗》《杂事与花火》《我斜视》、诗学论著《这就是诗》《现代诗物语》、文化史《启蒙年代的秋千》等二十多种,编选《1991 年以来的中国诗歌》《给孩子们读的诗》等。曾获评第一届首尔亚洲诗人奖、《世界诗人》2006 年度国际最佳诗人、中国当代诗歌奖·批评奖(2000—2010 年)、第二届长安诗歌节现代诗成就大奖、第三届"美丽岛"中国桂冠诗歌奖诗学奖等。

　　作为诗人的徐江是有争议的,有的人喜欢他有的人不喜欢他,而且不喜欢他的人恐怕还要多于喜欢他的。"江湖中人"(所谓"诗江湖"果真贴切)谈到徐江,首先想到的往往不是他的作品,而是他的人,比如他的"好斗""刻薄""狂妄",等等。徐江经常被标签化为一个"恶人""坏人"。严格来说,这一现象恐怕是有问题的,至少,对一位诗人来说,关注其文本比关注其人更为重要,此其一;其二,即使是其诗歌文本中有反道德、反伦理等所谓"恶"的因素,也不宜简单地将之与作者本人的价值取向画等号,因为他可能是"立此存照",是以之为手段而做出某种揭露、展览、批判,其间的情形非常复杂。以徐江作为观照对象,可能首先需要去除附着在他身上的厚厚的(而且是负面的)道德油彩,如此才可能较为客观地对其进行观察。诗人徐江的价值其实不在其"话题性",而主要的在其诗歌文本的创造性,作为1990年代以来"民间写作"的重要诗人,他诗歌创作所独具的特色,他诗歌文本的价值与意义,可能都并未得到足够的关注和重视。这里拟主要以徐江的诗歌作品为对象,对徐江的诗歌创作进行总体式观照,在历史与诗学的双重视野中进行一定的价值界说。

第一节　有感而发、言之有物、抒情性

徐江在北京师范大学上学期间开始诗歌写作,其时他

与几位同学伊沙、侯马、桑克等形成了一个诗歌写作的小圈子，共同走上了诗歌之路。1980年代的后期可以说赶上了一个诗歌"青春期"和理想主义精神的尾巴，他们的写作受到了"朦胧诗""第三代诗"的影响，但他们摆脱"影响的焦虑"的时间很快，逐渐形成了自己的个性，并在1990年代站到了诗歌的"前沿阵地"，几位诗人也渐次成为后来被命名为"90年代诗歌"的代表性人物。这其中，有感而发、言之有物、直接、简洁、有力等大约是他们的共同追求，而与1980年代诗歌中多重的意象、繁复的隐喻、乌托邦情结、史诗追求、语言诗学等的取向判然有别，在一定程度上也可以说，他们是以对于1980年代诗歌的"反动"而树立其诗人身份的。当然，即使是对同一个写作圈子甚至诗歌流派而言，每个人也是不一样的，徐江、伊沙、侯马、桑克当然也不尽相同、各具特色，具体问题需要具体分析。

徐江的诗大抵有感而发、率性而为、言之有物，其中可见真性情、真自我。这其实本应是诗歌写作的一种常识和常态，但如果结合其开始写作时1980年代后期的文化环境，却又不能不说是难能可贵的。因为彼时诗歌界"炫技"之风盛行，文化转向、语言转向、现代主义、后现代主义、新潮、先锋、史诗、解构……颇有些让人应接不暇。而在这些"新技术"的背后，折射的则是面对新世界的新奇、奋起直追时不我待的焦虑、价值多元意义消解之后的虚无与混沌等诸种情绪的勾兑。在这样的情况下,守本心、发乎情、不做作、不故弄玄虚便显出了它的意义。我们看到,徐江的诗虽然也有一些学徒期的模仿之作,但在有感而发、言之有物方面却从未偏离,尤其是对于彼时非常流行的生硬晦涩、不知所终的文化寻根,以及进行词语的暴力拆解与随意组合的语言游戏这两种写作维度,他都保持着高度的疏离与警惕,从这个角度来看,徐江起步期的创作即可谓持中守正。他回忆早期写作时写道:"我写我童年时的那种孤独,因家中没有住房而体会到的那种既具体又空无的零余感,我对城市四时变化的观察,对光阴逝去的困惑……这使我比别的初学者有了更开阔的捕捉诗的领地。"①他早期的诗《窃贼》写道:

> 我选定一个黄昏
>
> 潜入家门
>
> 以便不被他们瞧见
>
> 我从异地归来
>
>
> 靠着厨房角落
>
> 我坐下来享受

---

① 徐江:《叼着烟与经典握手》,《杂事与花火》,(澳大利亚)原乡出版社2004年版,第237页。

瞬间的美妙

边盘算该偷些什么

后来我睡去

岑寂中被哭声唤醒

我看见童年的我泪流满面

用小手擦抹窗上的雾气

窗子越干净

外面的雾越深

我记起了此行的目的

对　我偷

他的哭声

对时间的敏感对于一位诗人来说是至关重要的,诗歌写作一定意义上正是对一去不返的时间的对抗,是对之的挽留。我们看到,徐江在这里甚至显出了某种"多愁善感",这有些出人意料却又在情理之中。在《雁雀》中,他主要写的是童年的"孤寂"和"忧郁":"童年时,我每每沉于/孤寂。有时/那种无言的抑郁/(你们知道的)/会袭来,抽打着/阳光下/我的嬉戏,玩偶,以及/水洼中飘浮的/一两枚枯黄的,树的幼叶。"他写小的时候:"我坐在教室里/面向黑板,有一点儿神不守舍。/没人注意我/我悄悄侧头,望着窗外:辉煌的/下午阳光中,麻雀在窗台跳/有一两次/白云浮动的蓝天上/一排雁群飞过去。"写这首诗时的"现在"虽然已经时过境迁,但是"我是多么地留恋,少年抑郁中/那一次次被迫记下的/残忍的下午/它尚含希望的夕光呵。"在二十出头却已开始"怀旧",确可称得上少年老成,也显示了其之所以成为诗人的细腻、敏锐、敏感等异禀。

《辞书》《为人类喝彩》在徐江早期的作品中较具代表性,它们都表征了作者面对历史、面对人类的一种普遍性认知与感受。如他在《辞书》中指出的:

> 辞书里蛰伏着不同的天气
> 不同的人在讲不同的话语
> 打开辞书,你听到一句
> "妈×"
>
> 那不可能是街上酒鬼的声音
> 肯定是被囚禁的某个时代的伟人
> 受骗后顿悟的吼声
> "啥也没有,妈×"
>
> 一排排辞书站在我面前
> 嘈杂的响声闹成一片
> "妈×、混蛋、妈拉个巴子、丫挺的

丢老姆、他奶奶、锤子敲你先人板板"

我现在不用翻书

就查清了人类的历史

这种书写，显然与鲁迅对于"吃人"的历史的发现非常类似，只是徐江在这里面对的是"人类的历史"，指出的是在人类文明背面的一些根深蒂固、挥之不去的文化基因和存在。《为人类喝彩》则取字面意义的反义，写了"原子弹的爹""爱滋病的妈""屈死鬼""当官儿的""姑娘"一次次向鱼贩子"盛开"、"狼变成狗"勤奋吃屎、"焚尸炉"加紧建设、"鞋刷擦着"月亮等等现象，这里的"喝彩"分明不是"喝彩"，或者说，是"喝倒彩"，其所指向的是一种负面的颇具普遍性的文化和社会状况。虽然是写较大的文化议题，但是作者从具象入手，从自我出发，因而并不给人虚浮空泛的感觉，相反是真切且能感人的。在诗歌作品《悼念一个北京的孩子》中，作者显然将"诗"与"史"合而为一了，诗的开头说："北京的孩子死在故乡的街上/勒韦尔迪的书说/'有时一个词足以把一首最美的诗葬送。'//没有火灾发生/没有水/吞没世界/但在那世上最漫长的黑夜/毁灭，披着滴血的大衣/在硝烟的城区潜行……"对于这样一个悲伤事件，"我看见/我们的童话顺流远去。/我想起有一个时期/一个叫狄兰·托马斯的青年俯身英格兰的草坪/为他的伦敦哭泣。"而此事在"我"心中引起的震动则不可谓不巨大："而我的声音被紧紧锁住/再无笛声,/再无幸福的鸟儿翩然飞翔。/此刻 我置身欢歌人流却再难唱出一支歌/哪怕是首忧伤的怀乡曲/它当年宛如一面旗帜/在我与我同龄的少年心中飘扬。/北京的孩子死在他故乡的街上/那最后的钟声将为谁敲响?"这种现实书写既是对良知的考验,也是对诗歌技艺的考验,因为热烈的情绪很容易将诗歌本身灼伤,使艺术性降低,我们看到,徐江的书写较好地实现了两者之间的平衡。

徐江早期的诗歌情感性很强,有较强的抒情特征,但其抒情方式与此前"朦胧诗"的隐喻、象征、公共抒情不同,其个体性更为明显,多书写与自我有关、眼前身边、亲身经历、深有感触的人与事。书写方式也大多直陈其事,并不"朦胧",更不会让人不知所云一头雾水。他早期的作品如《好妈妈,老妈妈》用的甚至是一种比较"老套"的手法来书写对母爱、对亲情的发现与珍视,"这般的时辰黄昏已经到来/这般的时辰道路已经堵塞/紧贴窗玻璃冰凉的面颊/我知道母亲正涉过人流向家走来//呵老妈妈天已经转暗/呵老妈妈我们为何不见你的归来/祖父母在屋内恹恹欲睡/父亲与弟妹谛听门扉/炉火把红光慷慨赠送/呵老妈妈我们为何还不见你的归来",此时"雨开始下",他开始担心"要是你死了怎么办/好妈妈/要是你死了怎么办","呵老妈妈天已经全暗/呵老妈妈我们怎不见你的归来/长辈们静候屋内他们想些什么/安详如我们数过多遍的饭桌杯盘""好妈妈你发觉自己被车辆碰倒/你紧闭双目承受宁寂/儿女自远方奔来然后肃立嚎啕/呵我们年轻的好妈妈老妈妈/莫非你真要将我们伸出的小手甩开",表面几乎无事,内心却充满波澜。最后——

> 紧接着门扉敞开脚步凌乱
>
> 我们的老妈妈站在面前
>
> 她说顺路去了某某家
>
> 她说谁谁问候父亲请他择日盘桓
>
> 她侧身对发呆的孩子笑笑
>
> 弯腰替他们擦干双眼
>
>
> 呵我们的好妈妈你回来了我们多高兴
>
> 请原谅我们孩童瞬间的谬想
>
> 在与魔鬼相搏时我们胜了
>
> 我们保护了自己的母亲尽管她不知道
>
> 那一刻我们在想我们的好妈妈不能死
>
> 她不能死要是她死了我们可怎么办

这首诗非常真实地描摹出了孩子成长过程中的阶段性意识和心理,显示了生命意识的觉醒、亲情的可贵等等,在内容和技法上或许并没有太多新奇特异之处,但是其表达的感情却是普泛性、永不过时的。这甚至可以作为徐江作品中的一个基调来看待:他对世界并非是没有爱的,他此后虽然不时以愤怒、忿恨对人,但那未始不是源于另一种更为强烈、宽博的爱,他只是较为吝啬地表达他的爱与赞美而已。徐江诗歌的"抒情"是作为一种基调、底色存在的,与知识化、理念化的写作相对,它内在地保证了诗歌的有效性与感染力。现代诗的抒情虽然不是唯一的,甚至也不是重要的,但实际上抒情之于诗歌又是不可少的,只是其抒情方式发生了较大的转变,正如徐江自己所坦言的:"'反抒情'其实也是一种抒情,只不过它采取了异乎寻常的方式。艾略特、金斯堡都有抒情的因素。伊沙在某种程度上可以算是我们这一代诗人中最会抒情的一个,他抒情得很巧妙,至于我本人,当然责无旁贷是位抒情诗人。诗歌就是抒情的嘛。如果有朝一日,诗真的不能抒情了,那你们想想,它成了什么?"①一定意义上,或许可以说,抒情之于诗歌是不可或缺的,抒情本身并不是问题,问题是怎样抒情。在徐江这里,他抒情的方式是比较现代、智性、高级的,有反讽,有叙事,有口语,如此等等。

---

① 徐江:《答〈葵〉所提出的十七个问题》,《我斜视》,青海人民出版社 1999 年版,第 169 页。

第二节　反乌托邦、口语、"民间写作"

　　1980年代中后期以来,于坚、韩东、伊沙、徐江等诗人代表了诗歌中祛魅、解构的向度,他们使诗歌回到了日常的、生活的层面,在此基础上寻找和生发诗意,而不是一味的高蹈、飞升。这种反乌托邦的特质并非没有哲学上的追求和深度,而只是以一种较为平易的面目出现,相比某些不接地气、假大空的乌托邦写作,其内涵反而是更为丰厚的。在徐江的诗歌中,日常化、生活化、反乌托邦、反自我装饰是其一贯的特征,这一点与徐江所谈论的"俗人的诗歌权利"有关,在徐江看来,诗人应该是作为一个"俗人"(而非所谓"高大上"的"精英")来写作,应该真诚、有一说一,而不是故弄玄虚、自欺欺人,"我们能不能在保有自己诗歌趣味的同时,多写一些自己感兴趣、身边的普通人也感兴趣的作品?我们能不能把远离诗歌已有多日的读者,稍稍地再汲纳回一些到诗歌中来?我们能不能在写诗和谈诗时不那么满脸神圣、不食人间烟火?你在家中跟父母或妻儿说话肯定不是这个样子,那你干嘛不能用一副和生活中同样的表情嘴脸来轻轻松松地写诗呢?除非诗在你这儿不单是为和读者袒露心扉,还要用来'作秀'!"他进而指出:"尊重俗人的诗歌权利。为俗人们写作。这个信念在我不算漫长的十几年写作历程中不时地跳出来,提醒我,让我看看我自己写的东西是不是过于狭隘、过于不知所云了。"①这个问题的提出是有针对性和特殊意义的,其背景便是1990年代以来的"知识分子写作"。注重知识体系、精神高度、技艺锤炼的"知识分子写作"在这一时期事实上占据了强势的地位,形成了一定的霸权,对其他类型和取向的诗歌造成了一定程度上的遮蔽。我们看到,"90年代诗歌"一定程度上的体制化、固化成为了后来所谓"民间写作"群体的靶子。这里面的问题显然由来已久,有的学者便认为:"在这里,真正被动应战的,是一再被遮蔽、被忽略、被排斥在'阐释话语权力'之外的'民间'一方诗人,亦即非'知识分子写作'圈内的诗人以及大量代表着更新的诗歌生长点的年轻诗人。"②世纪末的"盘峰论争"是如上所述诸多矛盾的一次"总爆发"(徐江是这次会议的"肇事者"和论争"主将"之一),这一"爆发"打破了诗歌界的既存格局,并改变了新世纪诗歌的某种走向。这种论争当然涉及话语权的争夺和利益分配的问题,涉及具体的人与事的纠葛,但还是应该看到,其背后是两种诗歌观念、诗歌美学的交锋与对峙,而后一点是更为重要也更具意义的。这种论争为此后的诗歌发展带来了新的契机,有着积极的效应,如诗歌评论家罗振亚

---

① 徐江:《俗人的诗歌权利》,《诗探索》1999年第2辑。
② 沈奇:《中国诗歌:世纪末论争与反思》,《诗探索》2000年第1—2辑。

所论述的："这场诗学论争是先锋诗歌内部一次开诚布公的大面积的平等对话，众声喧哗激活了诗坛人人敢于站出来亮明观点的热烈民主氛围，打破了诗界十几年来秩序井然、温文尔雅却又过分沉寂的局面，增添了诗坛的生机和'人气'，两种写作方式、审美观念间的冲撞为诗歌发展带来了契机。"①这种变化也可以看做是徐江、伊沙、于坚、韩东等的"民间写作"为新世纪诗歌所带来的一种积极的"诗歌遗产"。

在诗歌《住校诗人》中，徐江以自嘲的口吻写了自己也曾当过"住校诗人"（毕业以后没有合适的工作，仍然住在学校），他们"在宿舍烟雾和噪声里/把杯中白酒和劣质咖啡/送入腹中　我和朋友们/迈出成长的第一步//打工　被训斥/接受生活/对我等的流放/寂静中听一支曲子/落泪到天明""我在饥饿中寻求/这个国度最好的诗句/别人也一样/我们蹚开杂草/把种子播下去"，结尾则"总结"了其普遍性意义："所有对于虚妄生活的反抗/以及对美的坚定/也都是从那时开始的。"这种"对于虚妄生活的反抗"和"对美的坚定"道出了他价值取向和美学选择中的一个重要方面，在《给……》中，其诗句"我哭了/扑倒在消逝的美面前//真是这样的呵/这就是我已走过的半生"同样表达了

---

① 罗振亚：《朦胧诗后先锋诗歌研究》，中国社会科学出版社 2005 年版，第 236 页。

与之类似的立场。这样的写作距离内心、心灵、感受更近，而距离知识、理念、修辞、技术更远，与之构成了一种紧张关系。如他自己所指出的："许多当代诗的写作，仍是变了形的风花雪月、学识炫耀、理趣游戏和身心发泄，仍是一种'伪现代'。"[①]这和于坚在世纪末发表的影响较大的文章《穿越汉语的诗歌之光》中所表达的观点非常接近："这个充满伪知识的世界把诗歌变成了知识、神学、修辞学、读后感。真正的诗歌只是诗歌。诗歌是第一性的，是最直接的智慧，它不需要知识、主义的阐释，它不是知识、主义的复述……诗人写作是神性的写作，而不是知识的写作。在这里，我所说的神性，并不是'比你较为神圣'的乌托邦主义，而是对人生的日常经验世界中被知识遮蔽着的诗性的澄明。"[②]实际上，严格意义说来，他们也的确属于"同一阵营"，有着近似的立场与追求，都包含了对某种庞然大物的怀疑，都在颠覆一种权力构型，解构一种话语模式。

徐江诗歌在语言方面主要使用口语，这一特点在其"同道"伊沙那里更引人注目、为人所谈论更多，实际上徐江在口语的方面同样走得很远，他不但有创作实践方面自觉的探索，也有着理论方面的深入思考。如他指出："现代

---

① 徐江：《给诗歌的献词（2003）》，《诗探索》2003 年第 1—2 辑。

② 于坚：《穿越汉语的诗歌之光》（代序），见杨克主编《1998 中国新诗年鉴》，花城出版社 1999 年版，第 13—14 页。

174

诗里的'口语'与日常的口语最大的不同,就在于它在书写的同时,能够进行自我提纯。那种把方言、时尚用词、网络用语随意搁置在诗行中的做法,充其量只能看做是某些水平不高、天赋有限者的一次冒险或试验。在很大程度上,它们更靠近人们所说的'口水诗',本质上与'诗的口语'无关。两者犹如《水浒传》中'李鬼'和'李逵'之间的关系。"

"诗歌中的'口语'不是生活口语的原样,它们永远要经过作者天赋和其诗歌美学的剪辑与润色。纯天然的口语,多数时候在诗歌中呈现的是散漫,只有挤掉它身上的水分,现代诗对天然与自由的追求,才能得到充分亮丽的显现。"①应该说,对口语诗的这种认知是很深入、很到位的,口语具有活泼、生动、自由的特质,但同时也可能带来随意、复制、泡沫化、无意义化等的问题,只有扬长避短,才可能真正为诗歌开辟出一条广阔的道路。我们看到,徐江等的口语诗写作者,的确为 1990 年代以来中国新诗增添了一种新的气象和可能性,改变了此前诗歌的某种格局,诗歌中的口语写作(或者说口语诗歌)日益发展壮大,逐渐成为了当今诗歌中的主流,它容或包含了某些负面因素,产生了不好的影响,但其正面意义是应该首先被认识到的,无视这一点是不客观、不公允的。

---

① 徐江:《论"现代诗"与"口语"》,《诗探索》理论卷 2011 年第 4 辑。

第三节　一个人"与/的"世界:"杂事诗"/"花火集"

　　自 2002 年起,徐江的诗歌写作发生了一次重要的转型,他开始了以《杂事诗》和《花火集》为主的长诗写作,而短诗作品则大幅减少。从徐江此前写作重感兴、非体系、随意、自然的特点出发,他本不会属意于传统意义上那种体大思精、结构严密、体系严整的长诗写作。那么,徐江之与"长诗"产生如此机缘,要么是徐江的写作发生了一次写作立场与观念上的变革,要么则是他所写作的长诗与一般意义上的长诗并不相同。我们看到,答案更多的应该是属于后者,他的写作主要的还是沿着此前的逻辑展开,他的长诗其实仍多为短制,其之为"长"诗更多的在于诗歌内在的精神线索、精神主题层面,而不在传统意义上的情节、结构、故事等层面。实际上,新世纪以来,类似的长诗写作的探索并不少,伊沙的《唐》、侯马的《他手记》、沈浩波的《蝴蝶》等,这些作品都在外在形式上比较松散,而主要是靠内在的精神一致性和向心力形成一个整体,甚至有诗人认为他们在"试图以集体的力量改变人们对长诗的观念"①。徐江的《杂事诗》的确在文体方面走得较远,与通常意义上人们对

━━━━━━━━━━

　　① 　天津诗人王彦明语。

长诗的理解迥然有异,仅此就值得人们进行认真的观照。关于自己与一些诗歌同人的长诗,徐江曾提出"诗著"的概念,希望"用诗去写一本书"甚至"一本专著",他指出:"诗著的出现,代表着汉语诗歌中一个更复杂分支的诞生。它比过去人们见到过的长诗、组诗、史诗篇幅更庞大,内容更包罗万象,结构也更复杂且富于变幻,在写作上也更加考验作者的专注程度。它承袭和拓展了以往大型诗歌体裁的言说功能,也根据新时代文体阅读的发展,做出了体裁和技法上的创新。"①这一方面显示了徐江关于长诗的清晰的问题意识,同时也能够体现其在长诗写作方面的追求。

关于《杂事诗》的主题,徐江接受笔者访谈时说是"一个诗人与世界的关系",他在与侯马的对话中则详细阐释道:"《河》是《杂事诗》一个突然性的开篇。某一天福至心灵,突然想为我从小就喜欢的海河(我很小的时候就常让母亲带着在它的浮桥、铁桥等各式各样的桥上走来走去)写一首颂诗,但人到中年,又不太想写成国外那种高蹈式的颂诗,我想从纯私人的角度,写写一个注定生命有限的人,与一条源远流长的大河的关系。写完之后,我渐渐发现它为我打开了一条通道:我可以顺着这条通道一直写下去,去勉力呈现一个诗人与他生存的世界的关系——亲密与冲

---

① 徐江:《惶然与写出》,见 http://blog. sina. com. cn/s/blog_49207f660100 h3c7. html。

突,并在语言的自由与控制、题材与呈现之间,探索抵达和谐的不同形式。"①徐江是天津人,海河在某种意义上可以说是天津的"母亲河",《杂事诗》自海河写起,其实颇具象征意味,它既是现实、地理意义上的一条河流,更是文化、生命、个人意义上的一条河流。如其诗中所写:"那种清冷与陌生/令我深深为之沉迷/穿上好奇和渺小/重回空阔童年的某个场景/而每当/盛夏的熏风拂面/我仿佛看见了我渺茫的向往/正逆流而上"(《河》)。这条"河"与个人记忆、个人生活有关,构成了"我"的世界,构成了生活的某种边界,尤其是,它还是精神的家园和归宿,是与个人的追求和向往息息相关的。在这样的背景下来理解《杂事诗》,我们就会发现这首诗其实并不像表面看来的那么"杂",正所谓形散而神不散,这首诗面对的是"我"与"世界"的二元结构(两者不一定对立,但确为两种不同的存在),处理的则是两者之间的"关系",这种关系有张,有弛,有直奔主题,有旁逸斜出,但始终没有离题太远,而是构成了这种"关系"的不同侧面。这种"关系"因而是弹性、生动的,有张力,脱离了一元宰制,富于诗性与想象空间。在此基础上,我们可以说,这首长诗表达的其实是一个人的精神世界或曰精神成长史,如此,全诗便具有了特殊的意义。

---

① 侯马、徐江:《关于〈杂事诗〉:落叶纷飞中的问与答》,见徐江《杂事诗》,江苏人民出版社 2009 年版,第 207 页。

徐江的《开场白》在一定程度上可以代表其与"世界"、与"人群"的态度，全诗如下：

> 我今天
>
> 站在这里
>
> 只是代表
>
> 那些
>
> 被你们
>
> 过去
>
> 现在
>
> 将来
>
> 误读的声音
>
>
> 体会一下
>
> 孤独

这里所说的"误读"与"孤独"显然并非个案或例外，而是一种根本性、宿命性的处境，如此表述既有着对于个体命运的体察，同时也显示了主体的强大。在《自我介绍》中，他如此表达自己的立场：

> 下面将要出场的这位诗人
>
> 在过去的二十年
>
> 创作生涯里

始终努力着

不像你们知道的

任何一位中国诗人那样

甚至

不像你们熟悉的

任何一个中国人那样

去写作

和思考

他怀疑任何宏亮的声音

也怀疑所有卑贱的声音

警惕地监控

每个阶段的自己

诗人,的确既需要怀疑"宏亮的声音",又需要怀疑"卑贱的声音",更需要自我反思、反省,"警惕地监控/每个阶段的自己"。只有这种不停的怀疑,不断的反思,诗人才可能获得真正的个人立场,并对自我与世界的关系进行调整,从而避免偏执、停滞、僵化,这是保持创造性的重要前提。徐江在《杂事诗》中的自我形象其实也是其一直以来形象的延续:爱憎分明,直言不讳,有时甚至显得不无刻薄。这样的形象难免引起争议,但其实也是见诗人真性情的,正如在其诗集《杂事诗》封面所写:"我写万物——这是一种狂妄,万物写我——则是一种谦卑。"实际上他的诗中既有"狂妄"又有"谦卑",两者是交织混合在一起的。狂妄时则指点江山、睥睨众生,有类造物主;谦卑时则瞻前顾后、小心翼翼,"低到尘埃里",这也和鲁迅之谓"横眉冷对千夫指,俯首甘为孺子牛"颇为近似。比如《种族歧视》里的徐江,便显得有些"狂妄":"我对不知感恩的人/怀有种族歧视//我对全心全意/忧国忧民的人/怀有种族歧视//我对到处讲黄段子的人/怀有种族歧视/我对一点黄段子都不听的人/怀有更大歧视//歧视/不爱国的人/歧视人/随时爱国"。这种"歧视",当然并非真正的歧视,而是借此表明自己的立场和态度。他的一些诗中甚至自称"寡人""朕""孤"等,这其实并不能表明徐江目中无人,很多时候是刻意为之,甚至是故意的反讽。实际上在内心他是充满爱、充满关怀的,正如他的《无人设问》中所体现的:

　　——有一天,你会厌倦吗

　　——厌倦?当然。现在也会厌倦啊。而且,一切。

　　——你真的会厌倦吗

　　——每个人都会。每天,每时,每分

　　——那么,厌倦这一切

——是呵,一切。或许,除了爱……

　　说到爱,说到悲哀,徐江如下的夫子自道说出了部分原因:"这一如大学时的我,表面上没心没肺,与大家乐成一片,独处时却无时无刻不深切感受着生命有限、光阴流驶、人与人内心注定无法靠近的悲哀。这悲哀是驱使我这些年一直写下去的根本所在。写作在我看来,是一个人独斗荒诞的唯一利器。一个人的内心越强大,他内心所感受的荒诞,就越无边无际。人注定无力取消和缩小荒诞,但他能凭借着这种搏斗让自己坚强起来,正视自身的残缺。而一个好的角斗士,他的格斗方式当然是不拘一格的,诗歌中的嬉笑怒骂,便因此而来。"[1]这其实道出了徐江诗歌写作的奥秘和主题:一个人面对世界的悲哀与孤独。这其实也是严肃的写作者不得不面对的一个宿命,是真正的写作所不断重复的母题之一。徐江的《杂事诗》风格不尽相同,但这种"悲哀"的底子是一直在的,看不到这一点恐怕并未真正理解他的诗歌。这种悲哀,从另外的角度体现出来,便是一种关怀、悲悯、爱。

　　《杂事诗》作为长诗还有一个重要方面在于通过记"事"而达到的写"史"的功能。这里面既有个体所经历的

---

[1]　侯马、徐江:《关于〈杂事诗〉:落叶纷飞中的问与答》,见徐江《杂事诗》,江苏人民出版社 2009 年版,第 212 页。

事件，又有公共事件、社会事件，但无疑通过诗歌书写都成为了个人化的历史，成为了记录个人生活和社会生活的载体。因为这种功能，其作为长诗的统一性也就体现出来了。这可以说是对一段个人所经历的时光的记录，有其所亲身经历的个体性事件，有其身边小范围的事件如逛商场、看球、拆迁等，也有更大范围内的社会公共事件如非典、海啸、地震、奥运等。从这首长诗中，既可以看出个人生活和精神历程、价值取向的若干特征，也能够看出一个时代悄然潜行的侧面和剪影。它所保留的，是细节，是个人的感悟，是诗意闪现的高光时刻。诗人伊沙在论述《杂事诗》时说："这部巨型长诗，靠什么来结构？我从诗中找到的答案是：岁月和一个人的生命时光！"①这应该说堪称知人之论，点出了这首诗颇为内在，一般人不易发现的内在的写作奥秘。徐江在《杂事诗》中"所谋乃大"，他是有"野心"的。徐江曾说这首诗他要写作一生，到目前，这首诗仍在生长着，我们现在对它来进行盖棺论定式的评价或许还为时尚早，但从其现在的规模、现有的水准来看，它已堪称立意高远，而又非常抓人、耐读，的确难能可贵，其在长诗文体上的探索尤其值得重视。

如果说《杂事诗》写的是"一个人与世界的关系"的话，

---

① 伊沙：《序言》，见徐江《杂事诗》，江苏人民出版社 2009 年版，第 11 页。

《花火集》则可以说是"一个人的世界"。或者说,前者着重写一种"关系",而后者则着重写"自我",写自我瞬间的所闻、所见、所感、所思、所悟。《花火集》每首诗均为两行,其形式和容量上的限制显而易见,可谓已达到了"极限",作者显然是希望在这种极端受限的情况下超越限制、追寻自由、生发诗意。徐江自述道:"至于为什么选择双行体作为每首诗的固定限制,原因很简单,我想通过该书的写作,完成对汉语诗歌在容量极限上的探索——在最短的篇幅里,一个人到底能说出多少?所以,相较于《杂事诗》那种'松弛下的凝聚',《花火集》更偏重于一种'规整下的自由'。""唯一在整个过程中激励我的就是:在有限的、克制的言说空间里,对无限内涵与想象的追求。"①如此的形式对诗人提出了更高的要求,而我们看到,《花火集》诸诗的确达到了一种"规整下的自由",在短短的两行诗中包含了丰富的内涵与诗意,意在言外,引人入胜。

"花火"本指礼花、焰火,它在瞬间开放,但璀璨、美丽,能够长久地留存在人们的记忆之中。徐江应该正是基于这个原因,而将他的作品命名为《花火集》的。在这里,他捕捉奔腾跃动、稍纵即逝的思想火花,使它们成为了一些文字的"焰火"。这些焰火多为碎片式的顿悟,个人化特征明

---

① 徐江:《说说〈花火集〉》,见 http://www.poemlife.com/showart-28846-1371.htm。

显,可以看做一种精神独语,是个人私密空间的深度敞开。比如这首可以看做是夫子自道:"唯一的不同是中年的我/依然反抗着"(527),虽然人到中年许多人已经不再反抗了,但自己并未放弃和动摇,仍在战斗着,这是一种强调和宣示。又如,"在天上俯瞰/房间中烦恼的自己"(696)则化身出不同的"我",在互相的观照中获得精神的提升和抚慰。《花火集》以"我"为中心,但这并不代表其中就没有"生活",其中也有不少对世情、对人生百态的呈现,略举几例:

> 业主们用沥青在小区墙上痛骂开发商
>
> "新世界骗人"
>
> ——114

> 扮演"主席"的演员
>
> 常到电视上卖药
>
> ——464

> 导演让鲁迅躺在病床上
>
> 对观众讲他健硕的人生
>
> ——721

它们都只是生活中的一个场景、片段,但却是具有高度浓缩性和代表性的,能够反映和折射出丰富的社会内容,有着丰富的"潜台词"。如上所引 114 中的"新世界"既是一个具体的小区的名称,显然也可以视为一个代称而具有广泛的指涉,对于生活中某种美好承诺的审视让人深思。464 中所描写的也是一种普遍现象,而在"主席"与"卖药"之间,无需多言,许多的世相百态足以自动呈现。721 中同样指出了一种普遍现象,在"导演""鲁迅""观众"之间形成了强烈的张力,"病床"与"健硕的人生"也形成对照,或许有人会认为这种书写不无尖刻,但对于揭穿某些关于鲁迅的神话又的确堪称鞭辟入里。

徐江在《花火集》中充分发掘了现代汉语的诗性,让日常的语言重新熠熠生辉,焕发出诗性的光彩。他如此写"蚊子":"草里的蚊子见我过来/都偷偷乐了"(540);如此写"雾":"大雾狂啸着/在高速路上追尾"(563);如此写"雨":"车的大灯刚一打开/雨就倾盆而下";如此写"老磁带":"老磁带里/住着年轻的歌"(661);如此写"花香":"花香/有声音"(712);如此等等,令人叫绝。他写"生病"颇具古典诗歌的意境:"我自生病/蟋蟀自在窗外锯它的秋天"(541);写"可怜的孩子"则让人忧心、沉重:"可怜的孩子呵/可怜的——长大了的孩子"(785);他诗中的"火车"日常而荒诞:"那列火车在正午跑着/亮着灯"(524);他所写的"英雄"颠覆了传统的概念:"'你知道英雄是啥做

的?'/'是水!'"(640);他所写到的"光"则让人忍俊不住:
"上帝说要有光/爱迪生赶忙摸出一只灯泡"(227)。徐江
的这种诗歌探索大概与新诗史上的"小诗"、禅诗写作不无
相似和共通之处,一方面为现代汉语诗歌的体式做出了有
益的探索,另一方面汉语在这里重新恢复了弹性、生动性,
变得更为丰富、多姿多彩起来。此中情形正如他自己的诗
中所写:

> 汉语围着我跳舞
>
> 你知道
>
> ——700

第四节 《葵》:"现代诗"的推助者与集散地

诗歌民刊之于中国当代诗歌的重要意义已经形成了越
来越广泛的共识,它的确构成了当代诗歌变革最为重要的
策源地和创作实绩最为重要的展示平台。许多诗歌民刊以
其独特的诗歌观念、立场、追求而逐渐形成了自身的品格和
"小传统",构成了当代诗歌灿烂景观中不容忽略的诗歌群
落。在这其中,由徐江担任事实上的主编的《葵》是有代表
性的诗歌民刊之一。《葵》创刊于1990年代初,属于创办
较早而至今仍比较活跃的民刊之一,其历史至今已近三十
年。徐江是《葵》的两位创刊者之一(另外一位为诗人萧

沉,他后期退出了《葵》写作群体),他全程参与了迄今为止《葵》的发展过程,这本刊物一定程度上也打上了徐江的个人烙印。到目前《葵》共出刊十二期,其周围团结了一批有活力、有个性的现代诗写作者,刊物自身有着较为统一的美学追求,形成了较为稳定的品格。

《葵》1991年创办于天津,其取名源自美国诗人金斯堡的诗《向日葵箴言》。关于办刊理念,徐江曾有如此介绍:"《葵》致力于打造汉语现代诗自己的作品平台,致力于建设一种全新的、既不同于'朦胧诗'也不同于'后朦胧诗'的、自觉的现代诗美学,注重对生活和人们生存状态的观照,以'说人话'的方式,探讨时代、文明所面临的挑战,这些人文性的追求,构成了《葵》的同人所共同追求的美学向度。"①

《葵》诗刊在1990年代共出版四期,首尾各两期。《葵》第一期1991年秋印行,主要作者:伊蕾、王向锋、梁晓明、蓝蓝、陈先发、阿橹、寒碧(萧沉邀约);伊沙、桑克、郑单衣、西渡、蒋谈、蔡恒平、戈麦(徐江邀约)。第二期1992年10月印行,新加入作者有宋晓贤、岛子、陈东东等。此后《葵》诗刊停顿数年,第三期1998年4月印行,从该期开始,编辑工作由徐江独立承担,该期作者加入侯马、默默、阿坚、

---

① "汉诗·民间诗刊档案"《葵》之"办刊理念",《作品》2015年第5期。

秦巴子、莫非等。第四期则于 1999 年 10 月印行，新加入作者有朵渔、盛兴、于坚、韩东、杨克、沈浩波、李伟、南人、马非等。该期刊物出刊在"盘峰论争"之后，进一步凸显了"民间写作"的立场，人员、风格方面的特征进一步显明，刊物的主题品格已基本成型。

新世纪以来《葵》基本进入了一个稳定、有序的轨道，大致以同人共同出资、两年一本的节奏出版，至 2018 年共出刊九本。这一时期《葵》的开本变大，页码增多，容量更大，作者队伍也更为壮大，有许多新作者加入，同时作者的更替速度也较快。其各期情况大致如下：第五期 2001 年春，第六期 2002 年 10 月，第七期 2005 年春，第八期 2007 年春，第九期 2009 年春，第十期 2011 年夏，第十一期 2013 年夏，第十二期 2015 年夏，第十三期 2017 年夏。到目前，《葵》主要同人有"徐江、伊沙、侯马、宋晓贤、李伟、唐欣、秦巴子、君儿、沈浩波、刘川、朱剑、马非、马海轶、君儿、马知遥、西毒何殇、安琪、了乏、魏风华、康蚂、邢昊、图雅、王有尾、张佃、湘莲子、江湖海、孙家勋、李东泽、蒋涛、铁心、闫永敏、乌城、张甫秋、紫箫、天狼、卢宗宝、高歌、庞琼珍、李勋阳、庄生、李振羽等。"①《葵》总体来说同人色彩比较明显，但所发表作品并非全部是同人作品，而是保持了开放性和

---

① "汉诗·民间诗刊档案"《葵》之"主要同人"，《作品》2015 年第 5 期。

丰富性。此外,除几位核心成员外,其同人也并不固定,有着新陈代谢,其新同人的加入需经全部同人议定,刊物的运转及活动经费由同人平摊,从而避免了受制于出资人或者出资多寡不均可能产生的矛盾。由于其主要同人相对稳定,因而刊物运转有序,风格稳定,实现了可持续发展,这在民间诗刊中并不容易。《葵》诗刊的这种运作机制是合理、有序的,也是比较科学的,这保证了其刊物品格的健康发展,并使其发挥着更大、更积极的影响。

除刊物外,"葵"诗歌的存在亦有一些其他形式,比如创立于2010年3月的"葵之怒放"系列诗歌节,是同人间面对面进行以诗歌为主的文学交流活动,主要形式为朗诵自己的作品,然后众人进行评点,提出意见和建议等,大致每月举行一次,已举办数十次。此外还有"葵"微信公众号,创立于2013年2月,定期发布优秀诗歌的影音文字,作品不限于同人,也包括国内外的经典诗歌名作等。此外,"葵"自2007年创办"葵·现代诗成就大奖",至今已评四届,获奖者分别为徐江、中岛、伊沙、侯马。2015年第十二期同时评出"葵·现代诗双年佳作奖"与"葵·现代诗双年建设奖",获奖者分别为沈浩波与刘川。"葵"在诗学方面大致并不用力,并未提出多少招人眼目的口号、概念,但这不代表它在诗学方面没有自己的追求。实际上,"葵"在近年的确是越来越清晰地体现、阐释着自己的诗学主张,并且产生了越来越大的反响与影响，这便是其对于"新诗"与"现代诗"的区分，以及对"现代诗"的大力倡导。这里面最主要的倡导者，无疑便是徐江。近年来，他写下了多篇关于现代诗的文章如《"新诗"与"现代诗"》《现代诗与 21 世纪》《恨从何来：从唐诗到新诗，从现代诗再到恶搞》《论"现代诗"与"口语"》《现代诗与乡村》《现代诗与中老年》等文章，系统阐释其关于现代诗的理念，其中包含了诸多值得思考的诗学命题。

事物的名字自然并非无关紧要，名不正则言不顺，于上世纪初诞生的现代汉语诗歌有着诸多命名——比如新诗、现代诗、现代汉诗、汉语新诗等——不同的命名有着不同的侧重点，体现着对于不同诗歌品质、特征的强调。在使用的过程中还有一个约定俗成甚至个人好恶的问题，可谓复杂。一般来说，使用者对于这几个概念大多只侧重于使用其中之一种，它们相互之间并没有演进、替代的关系。而在徐江这里，他对"新诗"与"现代诗"则进行了历史演进与美学高下的区分，他主张当今的诗歌应该"去新诗化"，并努力实现向"现代诗"的转型。他指出："全中国写诗的人里，90%以上在写新诗；2%用半通不通的文言写古体诗；剩下的大约 5% 左右，才是写现代诗的，而且大多还都欠缺理念上的梳理与培养，是在写混混噩噩的现代诗。"关于"新诗"，他曾如此阐释："当下我们所指认的'新诗'，是指那些承袭了

'五四'以来白话诗传统和美学趣味的作品。需要特别指出的是,在内地,这'传统'和'趣味'也包括了我们近六十年来所熟悉的共和国主流诗歌传统(我也把它们称之为'作协体诗歌'或'发表体诗歌'),以及那些在某特定历史时段与主流诗歌有着题材、思想等内容上的对抗,但在语言形式上却有着近似构成方式的作品。"关于"现代诗"与"新诗"的区别,他曾列出五项指标:

1. 有没有一个智性的审视世界的眼光;

2. 有没有明确而自觉的语言建设指向;

3. 有没有将"抒情""抗辩""玄想""解构""反讽""幽默"等个性指标置于诗歌合理性下的综合能力;

4. 有没有将简洁(或透过繁复的外在,呈现出直指人心的穿透性力度)作为追求诗歌境界的最主要目的;

5. 有没有将在所有既往诗歌传统中被奉为最高指标的"人文""哲思""情怀"诸元素,严格控制在诗歌本身所要求的简约、含蓄、凝练之中,而不让其产生喧宾夺主式的泛滥。①

他认为新诗"早已无法承载一个剧变时代所强加给汉语诗歌的、无可避免的使命","只是一种文学蒙昧者还在不断仿制的诗歌化石"。而"从创造者能否应对时代的挑战、回

---

① 徐江:《"现代诗"与"新诗"》,《葵》,总第 8 期,2007 年。

应文学对创新'贪得无厌'的要求上看,唯现代诗,才真正为诗人们承此天命提供着广阔的空间。"①

徐江之谓现代诗是在复杂的文化、文明语境中产生的,它是及物、独立、自省的:"如何在剧变的时代,创造出既不媚俗复古,也不简单趋时、克隆欧美的本土诗歌,这是摆在汉语诗人乃至整个西方话语体系外的,致力于本语种诗歌现代化的各国诗人的基本问题。在我看来,解答这一问题只有一个入口:写诗人不能仅仅满足于被自己在诗歌上的伟大理想所役使,他要自觉地回归于一种个人对世界的强大逼视,以身处文明和生活漩涡之中的自身感受,去回应周遭事物对人类尊严和智慧的挑战,并在这一过程中,始终让诗歌安于'孤独者(首先是生活中的)的艺术'本位……"②如此的现代诗显然是契合了诗歌的本质,值得尊重、值得追求的。关于现代诗写作的"技术",徐江指出:"作为有史以来最注重技术含量的诗歌,现代诗对技术的注重,是建立在对作者独立性人格作充分展示的前提之下的。注重技术的终极目的,是为了成就天然,而不是成为所谓的手艺人或钟表匠人。""对技术的精研和对作者职业性的强调,永远是为了最终告别技术,把职业性的严谨吸纳、铸就成诗人的'第二本能',而不是成为技术僵硬的奴仆,更不是为平庸

①　徐江:《"现代诗"与"新诗"》,《葵》,总第 8 期,2007 年。
②　徐江:《文明进程中的诗歌》,《葵》,总第 9 期,2009 年。

的后者打造遮风挡雨的窝棚。"①而关于现代诗的语言选择,他指出,"口语"在近年已占据主流,其原因"不仅是因为汉语阅读和发表的网络化,更是由于'口语'确实比泛学院的'技术'、传统新诗的'情感八股',更容易激发写作者对'自由'和'个性言说'的追求。'口语'在直抵阅读者内心的同时,有时会让读者和新作者误以为简单,进而技痒尝试,可尝试之后,却发现用口语写诗的火候拿捏,要比使用学院修辞或是传统新诗修辞难多了。这既是许多现代诗修习者的体悟,同时也证明了'口语'在现代诗写作行为中复调的一面。"②应该说这里面的见解是独到的,对于现代诗的健康发展而言是有益的、必要的。徐江关于现代诗的思考较为系统、全面,比如他讨论"现代诗与乡村"的问题:"'如何处理好"现代诗"与"乡村"的关系'? 如何不让那些'乡村元素或远景'所背靠的'农业文明固有的思维'阻碍现代诗的构成?"③比如他讨论"现代诗与中老年"的问题:"中年以后能不能继续写有美学发现意义和个体人生价值的诗,或者说中年以后能不能写高纯度的诗?"④……

---

① 徐江:《"现代诗"与"新诗"》,《葵》,总第 8 期,2007 年。
② 徐江:《论"现代诗"与"口语"》,《诗探索》理论卷 2011 年第 4 辑。
③ 徐江:《现代诗与乡村》,《这就是诗》,长江文艺出版社 2015 年版,第 36
   页。
④ 徐江:《现代诗与中老年》,《这就是诗》,长江文艺出版社 2015 年版,第
   86 页。

其对现代诗的理解、认知在当代诗人中应该说并不多见，显示了较强的关于现代诗的理论探索与发言能力。

徐江上述关于新诗与现代诗的二元对立式的比较，从"学理"的角度不一定全部都能成立，但其中的主要观点和立场无疑是值得重视也值得思考的。同样是《葵》同人，评论家、诗人唐欣关于"新诗"与"现代诗"的论述有所不同："通常来说，中国新诗同中国古诗一样，都擅长对情感尤其是情绪的表现和处理。很多人据此认为，诗歌的使命只是抒情。现代诗的抱负要大得多，它要面对和处理的，笼而统之，是人的状态。这里面当然有情感和情绪，但也还有思想和智性、人的整个心理，还有现场感、过程性，动作、细部和细节的具体性这诸多要素，它要写的是人的生活，是生命的完整性和混沌性，这是一个重大的和根本的转变。"①这里面深究起来与徐江有所不同，但在内在的价值原则上又是一致的。实际上，徐江关于现代诗的理念也是辩证、开放的："诗歌可以是空前自我的，但它不可以是拒斥沟通的；诗歌可以是放肆的，但它却不能是纵欲和淫荡的；诗歌可以是愤怒的，但它却不能是'小靳庄赛诗——天安门诗抄——朦胧诗'那般时政的；诗歌可以是呓语的，但它不能是全无现世指向和意蕴的；诗歌可以是不含蓄的，但它必然

---

① 唐欣:《新诗和现代诗若干问题刍议》，《葵》，总第 8 期，2007 年。

要依托一个超高的境界才能存活……"①很大程度上，徐江本人的诗学观念、立场与其主编的《葵》所体现的诗学态度是一致的，与其诗歌创作大致上也是能够进行对应和互相阐释的，这也从侧面证明其诗歌观念是有效、可信的。在诗歌创作上，《葵》有其开放性，也有其主导性的写作取向与美学趣味，这主要是由其几位核心同人的创作来体现的。一定程度上，徐江、伊沙、侯马、沈浩波、刘川、唐欣、君儿、李伟等的创作便可以代表《葵》的风格与特色。可以看出，其写作与"盘峰论争"之后诗坛的分化不无关联，属于两大阵营之一的"民间写作"，或者准确地说属于"民间写作"的一部分。考虑到于坚、韩东等"民间写作"的旗帜人物或者因写作重心的转移或者是其他原因，他们在 21 世纪的诗歌创作似未有大的突破，可以说《葵》代表了近年来"民间写作"最具活力的部分之一。

从《葵》的发展谱系而言，1980 年代中后期开始的于坚、韩东、伊沙、徐江等的"民间写作"代表了诗歌中"祛魅"的向度，他们使诗歌回到了日常的、生活的层面，在此基础上寻找和生发诗意，而不是一味的高蹈、提升、形而上。这种"反乌托邦"的特质并非没有哲学上的追求和深度，而只是以一种较为平易的面目出现，相比不接"地气"、精神高蹈的"乌托

---

① 徐江:《在雾霾的年代写作——现代诗与神性》,《葵》,总第 11 期,2013 年。

邦写作",其内涵反而可能是更为丰厚的。在徐江的诗歌中,日常化、生活化、反乌托邦、反自我装饰是其一贯的特征,这一点与徐江所强调的"俗人的诗歌权利"有关。与徐江本人的诗歌创作基本一致,《葵》诗歌总体而言是具有及物性与活力的,它强调对诗意的发现与直接表达,语言方面主要使用直白、准确、精炼的口语,节制抒情,"零度抒情",寓抒情于叙述、白描、戏剧化等手段之中,较少使用繁复的意象、象征,而主要通过"直陈其事",通过事物本身所包含的张力、悖论、智性等来打开文字的想象空间,传达诗意。其诗歌更为追求及物性、有效性,其与时代现实之间的关系更为直接、短兵相接,故而其写作都有一定的"反体制"、反规训、独立性的特征,他们主要的是站在个人的本位上进行观察、思考,有一定的解构、反抗、批判的性质在其中。这里面作为"三剑客"的伊沙、徐江、侯马如是,同样出身北师大的"师弟"沈浩波如是,作为"天津"本土诗人的君儿、李伟亦如是。对于庞然大物的排斥与不信任,对于个人与"自我"的尊重,对于生活伦理的体恤与关切,对于生命活力与本真欲望的表达等等,都体现了这个时代诗歌写作的若干新的、生长性的取向,这也是其诗歌写作现代性、先锋性的体现。

《葵》诗刊曾以"现代、生命、创造性,以及不向险恶环境屈服的勃勃生机"标示其诗歌追求,这里面所体现的现代性,对生命的尊重,人本思想,对诗歌的创新、创造性的崇奉,对于诗歌生机与活力的强调,都可以说切近了诗歌的本质与内核,也可以见出其对诗歌的理解是辩证、全面而非单向突进的,这些特征应该说也的确是体现在其诗歌作品之中的。总体而言,《葵》诗刊有其自身的标准与品格,质量比较整齐,是属于较具可读性和辨识度的一本刊物,这在当今应该说已属难得。《葵》发表了新世纪若干重要诗人的代表性作品,也发表了一些不那么知名,但同样具有一定代表性和较高水准的作品,确如徐江所说:"不是每个优秀的诗人都能随时写出关乎世道人心的负责任的诗歌的。但我很高兴,《葵》偏偏就留下了那些优秀诗人一生中最负责任的文字的一部分。"①随着时间的推移,《葵》诗刊的确在成长,而且其生长是具有可持续性的,其未来同样值得人们的期待。而在这其中,徐江发挥了重要的作用,他有的时候不一定在"前台",不一定那么显眼,但作为"幕后"他一直都在,作为精神领袖推动着《葵》的发展并成为中国当代诗歌民刊历史上重要的、绕不过去的存在。

第五节　"我信有天使在我的屋顶上飞翔"

徐江在诗歌批评、文化批评方面同样着力颇多,也有着

---

① 徐江:《〈葵〉:生长回顾》,见张清华主编《中国当代民间诗歌地理》,东方出版社 2015 年版,第 107 页。

较为广泛的影响。2011年,一个民间奖项"中国当代诗歌奖(2000—2010)"经网络投票与评委投票,选出诗歌创作、批评、翻译、贡献四个奖项共二十人,其中徐江获得了诗歌批评奖。授奖词云:徐江"是一位成果丰硕的杰出的诗人,也是一位具有独立批判精神的诗歌批评家。他以一种无所畏惧的先锋精神,对当代汉语诗歌保持了相当敏锐而充满光明的挖掘与开拓,在其批评文本中,真知与卓见俯拾即是。"值得注意的是,另外四位诗歌批评奖的获得者吴思敬、吕进、陈仲义、陈超均可谓目前国内一线、专业、权威的诗歌评论家,徐江是唯一的诗人批评家,这非常难能可贵,也标示着徐江诗歌批评活动同样达到了较高的水准,获得了业界的认同。

事实上,作为诗歌批评家的一面可能正是徐江身上产生如此多的话题性,并引起争议的主要原因。徐江在1990年代以来,以很大的时间与精力参与到了当代诗歌的理论批评之中,他与当代诗歌现场短兵相接、贴身肉搏,是少有的不太珍惜自己"羽毛"、不太注意维护自身"形象"的诗人(批评家)之一。他单刀直入、不留情面、喜怒形于色、好恶言于表的批评风格,在"中庸"传统积重难返的文化氛围中显得比较异类,更为一些他的批评对象所"深恶痛绝",也不太受"主流"批评界所重视,如此种种使得他受到了许多的排斥、误解与批判。但实际上,这种实话实说、一针见血、不虚与委蛇、不阿谀奉承的批评风格其实是更真诚、更富责任感、更具建设意义的,于健康的批评生态是更为有益的。同样,表面看来他的批评文字调侃、偏激、狂欢,但实际上的情形可能正好相反,他的内心是严肃、守正、孤独、纠结的,正如其老朋友侯马所做的评价:"你别看平时徐江爱语言狂欢,他其实是骨子里严肃到了极点的一个人。"徐江本人对此视为知音之论,他说:"一同成长的老朋友们了解你的真实嘴脸,也知道你精神的真实来历。我们每个人,其实都逃不脱这种注视。这是一种幸运,同时也是一种额外的鞭策。"①

前面已有述及,徐江对诗歌现代化、现代性的问题有着深入而系统的思考,他不但在创作中探索着"汉语现代诗"的可能性,而且写作了诸如《论现代诗与口语》《现代诗与21世纪》《恨从何来:从唐诗到新诗,从现代诗再到恶搞》《文明进程中的诗歌》等大量诗歌理论文章,对诗歌的现代性特征进行辨析与辩驳,他的这种理论自觉在同代诗人之中并不多见。他曾如此谈自己从事诗歌理论性方面工作的原因和动机:"我更愿意做那种理论性、指向性的东西。实质上在我的理想中也想,希望未来我能做一点建设性的工作,对汉语现代诗、真正有创造性的现代诗,能够做一些建

---

① 徐江:《我在自己的外省——在第二届长安诗歌节现代诗成就奖颁奖礼上的答辞》,见 http://www.poemlife.com/libshow-2612.htm。

设性的工作。就像艾略特为英语现代诗所做的那样,他在讨论一些基本的问题,这些基本的问题是每个写作者都会遇见,也都会思考的,不会因为时代的限制、背景的限制而丧失掉价值。有这类文章的存在,读者不一定去作为一个指针,但会有一个参照、参考,会因为这篇文章而进入他个人的思索。如果能达到这种目的,我觉得这也是一个积福的事情。而且更有意思的是,随着我们在探讨这些东西,你自己的写作也会受惠于此,这是很重要的。"①徐江的诗歌观念是高度"现代"的,其"现代性"既体现为对诗歌工具化的拒绝与反思,也体现为他对人本主义、对诗歌的人文性和诗歌本体性的坚持。在此略具数例即可看出他诗歌观念的主要特征。在诗歌的功能上,他指出了一种长久以来的误区:"把诗歌仅仅当做一种工具和手段。这大约是'五四'以来国人对诗歌所做出的最大误读。这一误读的源头上限可以追溯到封建时代的'文以载道',下限则是'才艺展示'(一种高尚阶层在调情或仕途失意情况下所用以宣泄的文字游戏)……把'诗歌'视作工具,而非拥有独立存在和生长周期、规律的'艺术'——当代诗歌所有令人们愤怒、不解以至敬而远之的效果,无不肇始于作者与读者在上述方

---

① 王士强、徐江:《徐江访谈:"我不为对抗纸老虎而写作,我是真老虎"》,曾刊《新文学评论》2013 年第 1 期。

面的认识差异,以及部分作者在新理念下驾御文字的失度。"①而从正面来阐述其诗歌观念,他说道:"一、诗歌美学的律条都不可扭违于生命对我们诗笔的召唤;""二、任何伟大的诗歌理想下,诗笔的出发点都必须是个人的、具象的和感性的,与此同时,我们也不可回避自身作为'人类之一分子'所应承担的对宏大、严肃事态的忧思。"②对于现代诗与现代汉语的关系,他认为:"对于身处'外省'状态的汉语现代诗而言,它最重要的任务,是把被过往时代用脏了的那些词重新擦亮,是把'外省'尚未来得及被'首都'传染、污染、玷污的那种朴素、无邪的精神追求坚持下去,并一步步打造成现代诗坚强的骨骼。"③从这里我们可以窥见徐江诗歌观念的主要构架,也可以看出他的严肃与深沉。

在诗歌批评家身份之外,徐江还是一个活跃的文化批评家。他的兴趣之广泛、观点之敏锐、视角之独特,时常让人产生诧异之感;他在多家媒体所开的专栏,他所出版的《启蒙年代的秋千》《爱钱的请举手》《十作家批判书》《十诗人批判书》等书籍均有着广泛的影响。在这个意义上,可以说,他是一位"深入当代"的诗人、作家,他与时代文化

---

① 徐江:《诗神在当代》,2013 年 1 月 19 日《佛山日报》。

② 徐江:《意象之路——汉语意象诗写与秦巴子的生命意象诗》,《山花》B版 2013 年第 4 期。

③ 徐江:《我在自己的外省——在第二届长安诗歌节现代诗成就奖颁奖礼上的答辞》,见 http://www.poemlife.com/libshow-2612.htm。

发生着广泛而深入的关联,并有着良好的互动关系。需要看到,在这一领域,他秉持的仍然是一个严肃作家、先锋诗人的立场,他的文化批评有着独特的对精神价值的追求,有着明显的人文性,而没有随波逐流,没有被主流、市场、体制等的"庞然大物"所左右。他对文化的关切实际上是对于"人"的关切,所以在谈到文化议题的时候他往往落脚于文学。比如,他如此谈文学的价值与意义:"一部分电影人、文化人、传媒人都在各自的领域中,尝试着扮演班主任或牧师的角色。但我要说,高品质的文学从来不允许如此。中国封建时代曾高扬的'载道文学',其实是很低端的文学型态。载道的文学固然比不载道的更具意义,也更远离空虚和无聊,但它依然只能拿来作为文学的底线。文学为心灵与智慧的丰富性而存在,它谢绝变成简单的一元或二元的宣讲工具。"①而在另一方面,他所谈的诗歌、文学问题同时也具有普遍性、辐射性:"在一个农业的、城镇的群体惯性思维居主流的背景下,汉语诗歌要想解决其'本土意义上的现代化',这本身就是中国文学数千年未遇过的变局和考验,其艰巨性搁到整个世界文学格局中,都是绝无仅有的,所以廓清诗歌作者对文化和先锋的认识,是一项长期的、需要坚持不懈的启蒙工作。实比当年国人推翻体制、国

---

① 徐江:《如果,没有雨果……》,2013 年 3 月 14 日《北京日报》。

家在当代的改革还难。但非如此不可，否则我们永远会听到那流行了千年的拿李杜说事和唠叨。""如果没有恢宏博大的胸襟和对尘世的怜悯，我们也不会在'三合一'（国家/市场/学院）体制共谋的年代，创造出打破坚冰的文本。"这显然是指出了一个极为重要、非为诗歌所有的文化命题。文学、诗歌与文化在徐江这里是相通的，既一脉相承，又互为印证。如果说诗人是徐江最为重要的身份，诗歌是徐江的主业的话，那么在诗歌批评、文化批评等领域徐江或许属于"无心插柳"，但却着实已经称得上收获丰硕、"无心插柳柳成荫"。

整体观之，徐江是一个有着语言责任感与使命感的人，同时也是一个有着人文责任感与使命感的人。诗歌，以及与此相关的文化活动正是这种责任感和使命感的载体，是他的志之所向，是他日复一日的工作，也是他超越性的"飞翔"与梦想。他在诗歌《回答或独白》中写道："是啊/我也在想/现在/还能做些什么//人有时候/对一些事/真是无力啊//那就把/对汉语的救灾/做到底。"这种对汉语的"救灾"当然并非危言耸听，而着实是一种深刻识见。诗歌的责任，最根本的是一种语言的责任，如何维护并发展语言的尊严、活力、美丽、创造性，是诗歌最本职也最根本的任务。现代诗所遭遇的困难、厄运、疑惑，其实都无一例外地体现到了现代汉语之中。对汉语的"救灾"，其实是一种正本清源、补偏救弊，是重新寻找现代汉语诗歌的另外一种、更为丰富的可能性，这当然是有意义的。徐江在自己的文章中有这样的表述："如何在剧变的时代，创造出既不媚俗复古，也不简单趋时、克隆欧美的本土诗歌，这是摆在汉语诗人乃至整个西方话语体系外的，致力于本语种诗歌现代化的各国诗人的基本问题。在我看来，解答这一问题只有一个入口：写诗人不能仅仅满足于被自己在诗歌上的伟大理想所役使，他要自觉地回归于一种个人对世界的强大逼视，以身处文明和生活漩涡之中的自身感受，去回应周遭事物对人类尊严和智慧的挑战，并在这一过程中，始终让诗歌安于'孤独者（首先是生活中的）的艺术'本位……"[1]因而，诗歌宿命般地会与孤独相遇，会与自由结下不解之缘，"最伟大的汉语现代诗，是与一种审慎的、对灵魂自由和文本天然属性的追逐，紧密连在一起的。它立足于恢复健康的人性，敢于直面生活的污浊，并极力从中为每个与诗结缘的人提取着对人生的信心、自救的信心，以及对文明前景的微茫的希望"。他对未来之所以能够保持乐观，正是因为有诗："人当然是不可战胜的，因为至少——有汉语，有现代诗。"[2]诗，很大程度上代表了徐江的一种超越性的梦想，代表了一种信念甚或信仰，如其在诗歌《柯索》中所表达的：

---

① 徐江：《文明进程中的诗歌》，《葵》，总第 9 期，2009 年。
② 徐江：《现代诗与 21 世纪》，《葵》，总第 8 期，2007 年。

"20岁我读他/21岁我再读/今年/我36//许多事都不一样了/许多清澈/正在我眼里浑浊/许多浑浊/我能看到它清澈/救火车每天在街上/咬报纸//以下这句是不变的——//我信有天使在我的屋顶上飞翔。""我信有天使在我的屋顶上飞翔",其实代表了徐江对于诗歌、对于人生的一种根本性态度,它是隐在的,却是一种价值观的基础,不移、不易。

徐江其人其诗所受到的误读都很多:表面上的攻击性掩盖了他的"仁"与"爱",表面上的冷酷与强硬掩盖了内在的温暖与平和,表面上的泥沙俱下掩盖了内在对尽善尽美的追求……一切似乎都可以从相反的角度进行解读。只有当走进他的作品,细细考量,才会发现,噢,原来如此,原来他是这样的,此前的印象是先入为主的、不可靠的!徐江作品的实际水准与其经典化程度之间或许是并不匹配的,这也是到目前人们谈论他的人多于他的诗的原因之一。当然,文章千古事,所有的一切都需要经过时间的检验,一时的热闹或者淡漠都不能说明问题,一切都才刚刚开始!徐江的写作当然也有问题,比如在我看来,他诗中有时会出现一些强烈的道德评价的词汇(这应该也是引起人们对他进行道德化评价的一个原因),比如某些诗句过于调侃而有失当之嫌,比如有些作品价值立场显得暧昧、游移、矛盾,有些诗作显得过于随意、散漫,等等。但是,最重要的是,他有着自己对现代汉语诗歌的独特追求,他进行着自己的诗意创造,并写出了具有独特风格的作品。

一意孤行,独自为战,这是诗人徐江一直以来所坚持的立场与姿态,如其诗句所言"我这个战区/就一个人 一支枪"(《花火集·792》),的确,他一个人、一支笔,便构成了一个"战区";他一个人,"以笔为旗",在战斗。应该相信,他会一直"战斗"下去,也会将"对汉语的救灾"进行下去,将永不厌倦的"爱"进行下去,这是一位诗人的使命,也是一位严格意义上之"知识分子"的使命。

第 五 章

朵渔：诗歌的重量

朵渔,1973 年生于山东菏泽,1990 至 1994 年就读于北京师范大学中文系,后定居天津。朵渔于 1990 年代中期开始写作,至今已成为"70 后"写作群体中具有较高创作水准,有着清晰的个人风格和诗学追求,产生较大影响、最具代表性的诗人之一。朵渔的诗歌创作自世纪之交的"下半身"时期开始受到广泛的关注,并很快凸显出其创作个性、精神姿态与价值立场,受到了各方的好评。自 21 世纪初以来,朵渔获得了诸多国内的诗歌奖项,比如华语文学传媒大奖年度诗人奖、柔刚诗歌奖、骆一禾诗歌奖、屈原诗歌奖、后天诗歌奖、奔腾诗歌奖,以及《诗刊》《诗选刊》《星星》《诗建设》等刊物的诗歌奖,其作品被译成英、德、法等多种文字出版。曾主编民间刊物《诗歌现场》,在诗歌界产生良好反响。印行诗集《追蝴蝶》《最后的黑暗》《写小诗让人发愁》《感情用事》等。除诗歌写作外,朵渔还长于文史随笔写作，他曾"为完成自我启蒙而潜心文史研究十余年"，曾在《南方都市报》《财经》《南方周末》《书屋》《名作欣赏》等报刊开设专栏，并出版《史间道》《意义把我们弄烦了》《生活在细节中》《我的呼愁》《我悲哀地望着我们这一代人》《说多了就是传奇》等随笔、评论集。朵渔大学毕业后曾从事公职工作数年，后辞职专事写作，具有较为明显的民间立场和知识分子特征，呈现出清晰的精神面目、价值立场，并在一个普遍性的浮躁、犬儒、浑浑噩噩、急功近利的群体性文化背景中得以凸显。由于有价值根柢的支撑，他的写作是具有自我审视、自我反思、自我超越能力的，因而也是具有可持续性的，是可以走得很远的。此外，近年来朵渔还主持共同体出版工作室，出版了一批具有较高思想性、精神性、文学性、学术性的书籍，他在写作之外的领域践行着自己的文化立场和文化理想。

从诗人身上所体现的文化身份和价值取向看，朵渔是堪称特异的。在当今这样一个"娱乐至死""不可承受之轻"的时代，严肃的沉重的东西越来越稀少了，于诗歌而言也并不例外。当下的诗歌几乎是在往浮浅、轻快、直白、世俗的方向上一路狂奔，它"与时俱进"，成为时代浪潮的随波逐流与推波助澜者。当今之世，诗人们多已放弃了精英身份，"与民同乐"，成为了语言或生活中的"享乐主义者"。当然，总有例外，仍有诗人与这个时代保持了足够的距离，对当今的时代生活进行着冷静的审视、反思、批判,他们拒绝轻歌曼舞、粉饰太平,拒绝醉生梦死、浑浑噩噩,显示出"异质性":在一个"快"的时代,他们体现了一种"慢";在一个"轻"的时代,他们显示了一种"重";在一个"大"的时代,他们有意识在追寻和表达一种"小"……这样的诗人可能是更知悉诗歌之真谛的,他们的写作也是更有价值和意义的。从严格意义上来讲,这种"异质性"的诗人在当下为数并不太多,朵渔无疑是其中具有代表性的一位,这里面有他诗歌文本的成熟度、创造性方面的原因,也有他独特的价值立场、精神追求等方面的原因。朵渔的诗歌以及物性、现实感、不妥协、不合作、自我意识、自我审视等为主要特征,总体观之,可以说他的诗歌显示了一种"重量",他的写作是一种有重量的写作。这种重量既是生活所强加给他的,也是他自我加码、自觉承担的,这种重量既体现了一种价值观、精神追求,也体现了一种写作的伦理。

第一节　从身体出发

谈论朵渔的诗歌不能不谈到"下半身",一定意义上,朵渔是从"下半身"诗歌开始而广为人知的。虽然到目前为止对"下半身"诗歌的评价仍然毁誉参半,而且是毁者多、誉者少,但其正面的积极的意义仍然并未得到应有的认知。这里面在我看来非常关键的一点是,"下半身"其实昭示了世纪之交以来"身体观念"的苏醒、转变。随着社会的转型、文化空间的分化和消费主义氛围的日渐浓厚,长久以来备受压抑的人的身体重新复苏并"蠢蠢欲动",以破除禁锢于身体与心理的枷锁,寻求欲望的正常抒发,争取"身体"本身的合法性。"下半身"诗歌正是在这样的背景下出现的,这应该是观照它的一个前提。在中国长期的禁欲文化传统中,"身体"一直是一种遮遮掩掩、欲语还休的存在,它从来不具有光明正大的身份,而只是实现某种抽象理念的工具(所谓"存天理,灭人欲"),但这实际上又为统治者所利用,成为思想钳制、精神奴役、社会管控的一种手段。身体从来不单纯,它被多重因素所征用、开垦、改造,而"下半身"诗人所做的,可能恰恰是通过张扬"下半身"(身体)的活力、野性而唤起人们的身体意识,重申身体、肉体、肉身之美,并对附加于身体之上的伦理道德内涵与意识形态因素加以祛魅,恢复身体的自主、自由,追求一种新的感受、思想与生活方式。从这个角度来说,其意义是怎么强调都不为过的。

朵渔是"下半身"诗歌命名的提出者,其意义很大程度上在于"身体",在于与理性、灵魂、形而上指向相区别的感性、欲望、身体。他在接受笔者访谈时说到"下半身"命名的缘起:"'盘峰论争'之后,觉得诗不应该这么搞,什么修辞啦反讽啦文化啦承担啦语言的炼金术啦之类的,不应该这么写,而是整个人要投入进去,包括身体,包括欲望,包括激情,包括内心黑暗的东西等等。另外一个,当时正在流行的 70 后女作家也开始提'身体写作',只不过她们提的有点矫情。我们觉得要搞就搞彻底嘛,干脆就'下半身'。"①可以看到,这里面的深层指向是一种新的美学追求,而并非如许多人所想当然认为的哗众取宠、沽名钓誉。朵渔在 2000 年《下半身》甫出现时如此阐述其诗歌追求:"向身体的无保留的回归,关注我们的肉身,关注我们的感官的最直接的感受,去掉遮蔽,去掉层层枷锁……""下半身写作,首先是要取消被知识、律令、传统等异化了的上半身的管制,回到一种原始的、动物性的冲动状态;下半身写作,是一种肉身写作,而非文化写作,是一种摒弃了诗意、学识、传统的无遮拦的本质表达,'从肉体开始,到肉体结束'。"②这种诗歌追求显然并不是孤立的,它有其发生的语境与基础,比如"第三代"诗人的于坚便在同样写于世纪之交的诗学随笔《诗言体》中说:"诗自己是一个有身体和繁殖力的身体,一个有身体的动词,它不是表现业已存在的某种意义,为它摆渡,而是意义在它之中诞生。""没有身体的诗歌,只好抒情

① 王士强、朵渔:《朵渔访谈:"其实,你的人生是被设计的"》,曾刊《新文学评论》2012 年第 3 期。
② 朵渔:《是干,而不是搞》,《下半身》第 1 期,2000 年 7 月。

言志,抒时代之情,抒集体之情,阐释现成的文化、知识和思想,巧妙的复制。我理解的诗歌不是任何情志的抒发工具,诗歌是母性,是创造,它是'志'的母亲。"①这两者显然是有相似性的,内在精神是相通的,也反映了对当时诗歌界某种状况的不满和对另一种状况的追求。"身体"意味着原生、本真、创造、自由,它对于诗歌具有重要的作用,朵渔在回顾"下半身写作"时强调了它的关键词——"自由":"'下半身'的提出缘自一种对诗歌新精神的自由探索,这种探索不是题材上的,可能从来不是题材上的,而是一种新风格、新路径,意在摒弃或推翻所有臣服的、束缚人的诗歌形式,享受那种创造全新诗歌境域的、激动人心的写作上的自由。"②这种"自由"可能才是"下半身"写作最为核心的特征,它打开了幽闭已久的身体空间,解放了被压抑已久的身体能量。应该看到,"下半身"绝不仅仅是"性",而应该是"身体",虽然性话语、性书写确实是其最引人注目的部分,而且有的诗确实格调不高,有哗众取宠之嫌,但这更多是在"度"的把握上存在问题,其内在价值与意义却不应被忽略。如评论家谢有顺所指出的:"('下半身')这里面有着强烈的反抗意义,也包含着很多有价值的文学主张,它既是

① 于坚:《诗言体》,见杨克主编《2000 中国新诗年鉴》,广州出版社 2001 年版,第 446 页。

② 朵渔:《意义把我们弄烦了》,人民文学出版社 2004 年版,第 180 页。

对长期处于统治地位的反身体的文学的矫枉过正，又是对前一段时间盛行的'身体写作'中某种虚假品质的照亮。"①作为"下半身"诗歌的命名者，朵渔的诗似乎是"下半身"群体里最不"下半身"的，但另一方面，作为核心成员，可以说他又是深谙"下半身"诗歌精髓并将之体现得最为明显的诗人之一。

朵渔的诗歌一直是有"身体"存在的，这个身体既有情欲的、欲望的成分，也有感受力、行动力的成分，还有反抗的、自由的、拒绝宰制的成分，体现着多重、复杂的内涵。在《野榛果》中，作者主要写了青春期"小兽般的冲动"："在越省公路的背后，榛子丛中／我双手环抱　她薄薄的胸脯／一阵颤抖后，篮子扔到地上，野榛果／像她的小乳房纷纷滚落／她毛发稀少，水分充足／像刚刚钻出草坪的蘑菇"，这种冲动充满诱惑、不可捉摸，"而快感却像／地上的干果，滚来滚去／坚硬但不可把握"。这首诗写出了年轻身体的隐秘冲动。而《妈妈，你来救救我……》则写出了个人生活困顿时期身体的切肤之痛：

> 风将门打开，又合上，夜雨
>
> 在路灯下飘洒，带来秋凉
>
> 世界在雨中打着哈欠，而我

---

①　谢有顺：《身体修辞》，花城出版社 2003 年版，第 32 页。

却越睡越清醒

起来，给母亲打个电话

她说，院子里的鸟巢落了一地……

儿子的梦呓，带来生活的压力

临近中年，前程在折磨我

能够放弃的已经不多，能够得到的

均是未知。昨夜的一次占卜

也在瞬间变得暧昧

如这场大雨，模糊了玻璃，看不清

里面的白，外面的黑

妈妈，你听到那知了的叫声了吗？

那么急迫，像是一场崩溃……

这首诗表达了内心的某种"绝境"，将最真实的自己袒露了出来，却表达了一种具有共通性的情绪与处境，具有感人的力量。再如《日全食》，通过父亲的身体看到了时间对人的改变，并使"我"产生了深深的触动："他不行了，白发覆盖了他，/不再似当年　连夜往安徽贩大米/把发情的小母牛按倒在田埂上/他将铁锹扔向井台/拉开了栅栏门，在他身后/是一大片的田野和极少数的鸟群/整个村庄都保持着沉默/只有很小的阴影跟着他/那是谁投下的目光呢？/我抬头望天/一轮黑太阳，清脆、锋利，/逼迫我流下泪水"。在另外的一些诗中，他并不直接写身体，但所呈现的无疑是我

们时代的身体状况和生活现实,是从"身体"出发而抵达生活现场,包含了最为真实、丰富的身体信息:

> 一对儿老夫妻,互相不搭理
>
> 沿着河边溜来溜去
>
> 得有多少年的厮磨
>
> 才能造就那样的若即若离
>
> ——《老夫妻》

> 细雨中,小区窗户的灯光渐次亮起
>
> 当他拖着疲惫的身子回到家里
>
> 在他无休止的责备声中
>
> 享用他的晚餐
>
> 并不知道
>
> 那就是爱。
>
> ——《那就是爱》

> 一个清洁工,在空荡荡的
>
> 火车站台上,联系华尔兹
>
> 嘭嚓嚓,嘭嚓嚓
>
> 她双手环抱,一团空气
>
> 仿佛真有一个舞伴陪着她。
>
> ——《舞步》

从这里我们可以看到,朵渔诗中的身体不是单向度的,而是极为丰富、复杂、真切的,它与人的现实生活有着密切的关联,与精神、思想、灵魂、矛盾、痛苦、挣扎等均密不可分。朵渔的诗是将肉体与灵魂、形而下与形而上进行了较好结合的,如他自己所谈:"肉,在生活里慢慢成长,丰满,散发着异香,那是灵魂的栖居。我们要为肉而写作。""'沉重的肉身'并不排斥灵魂的参与,这是一个常识,身体参与我们的写作,灵魂亦自在其中。"①这样的写作路向无疑属于写作的正途。在这里之所以强调诗歌中的身体性,是因为我们看到了太多没有身体、无病呻吟、自欺欺人的写作。而对朵渔而言,"身体"是一个起点、出发点,它意味着及物性、可靠性、有效性,同时也是对诗歌写作中的知识化、理念化、游戏化的一种抵制和纠偏。

第二节　对时代现实的关切

朵渔诗歌是关注时代现实,对时代现实敞开的,具有及物性和现实感,既与现实的正面遭遇和真实描摹,也有鞭辟入里的分析、审视。他的诗大多是有感而发,有现实指向或"问题意识",有社会功用的,他的诗从来不是语言的游

---

① 　赖小皮:《"我的诗歌不杀人"——朵渔访谈》,《中国诗歌研究动态》第 2
　　辑,2007 年 4 月。

戏和拿腔作调、无病呻吟。他自己在分析"写什么"与"怎么写"的问题时,曾有一段精彩的论述:"'写什么'关乎个人的视野、眼光、判断力、道德状况,有什么样的识断,就会有什么样的生活现场和时代状况。不解决'写什么'的问题,是自欺欺人的写作,游戏、巫性、复古、返魅自是题中应有之义。""很多'学院派'的写作信条上写满了'如何写',而'写什么'往往被享乐主义的技术狂欢所淹没、消解。一首诗的价值不在于它是否拐了十八道漂亮的弯,而在于它最终抵达了哪里,并在此抵达之途中呈现出一个诗人的心灵、境遇、精神、混沌,以及一个诗人的手艺。""'手艺'是'如何写'的必要保证,没有这一层保证,写作变成现实的工具、无难度的口水、娱乐的对象、集体主义的抒情是很自然的事情。"①可以说,这种关于"写什么"和"怎么写"的分析于当代写作而言的确切中肯綮。

现代社会是在往越来越繁复、丰富、充满内部分歧和制衡的方向发展的。当今社会已经形成极其严密的运行和控制体系,每个人都只是整体机制中的一部分,它已形成强大的惯性,如一头蛮不讲理横冲直撞的钢铁怪物,人们只能在它的缝隙中生存,却很难对之做出改变,更不可能完全逆转、脱离它。绝大多数人对这一状况早已习焉不察,失去了

---

① 朵渔:《诗人不应成为思想史上的失踪者》,《上海文化》2009 年第 2 期。

判断力与想象力，以为这是"从来如此"、天经地义的，而这样做的结果，却是高度认同了未必尽然合理的运行机制，并将之凝固化、合理化了。现代社会这样的运行机制、权力关系无时、无处不在，构成了每个人的现实生活，构成了日常生活中习焉不察的暴力，正所谓无处不政治、无处不权力。面对这样的状况，可悲的是许多人不但不自知、自重，反而生出了对权力、利益、流行价值观（比如社会意义上的"成功学"）的无限崇拜与热爱。朵渔曾对此论述道："一种厚颜无耻的信念也正淹没一切，那信念就是：权力无所不在。这不再是一个天才当道的世界，一切均在权力话语之下心悦诚服。专制和势利也渗透进诗人的肌肤，一个时代的诗人群体变得浇薄、谬戾。"①而朵渔，在我看来是最为敏感地意识到了这种现代社会的暴力，并对之进行了冷静的审视、深刻的剖析、强烈的抨击的诗人，至少就本人目力所及，在"70 后"一代诗人中称得上少有出其右者。他如同指出皇帝没穿衣服的孩子一样，以一种陌生的、本真的眼光重新打量这个世界，做出了许多令人惊奇的发现。其实，这原本是"诗人"的题中应有之义：诗人应该以绝假纯真的"童心""赤子之心"来看待世界，他是拒绝成见、拒绝意识形态灌输的；诗人应该是"众人皆醉"中的那个独醒者，也应该是

① 朵渔：《诗人不应成为思想史上的失踪者》，《上海文化》2009 年第 2 期。

在普遍的黑夜与黑暗中最早睁开眼睛寻求光明的人；诗人是"异动者"，他不与大众在一起，却往往能够为之提供价值观与标准、尺度、方向……尤其是在当今时代的中国，在消费主义、享乐主义、"成功学"笼罩的价值观念体系之下，诗人的姿态与立场更是值得辨析。有一些诗人成为了"成功人士"，更多的诗人在为"成功"而努力奋斗，当然也有自知"成功"无望而自暴自弃、自甘堕落者，但"成功"无一例外是他们的梦想，是他们内心所认同和追求的。但是，也有少数的诗人为了个体的自由而从这个体系中脱身而出，自觉选择做一名"失败者"、边缘人。朵渔曾经有一份"体制内"的工作，这是一份足以保证衣食无忧并且能够满足某种"虚幻的价值感"的工作，而后来朵渔却主动辞职，与体制内身份挥手作别。朵渔在一次演说中说："（我爷爷）他一生最大的愿望，就是希望我能端上一个公家的饭碗。我后来的确端上了这样一个铁饭碗，但最终我还是亲手把它砸了。我不是讨厌碗里的饭，但我讨厌盛饭的碗。"①关于"饭碗"与"体制"，他在另一次访谈中说："不能为了一口饭吃而无耻到底。我们曾经历过的那个集体生活真是太奇怪了，有多少恶的质素从中滋生啊。一个长时间陷入集体中的人，会被一种特殊的状态同化，集体的毒汁会杀死全天下

---

① 朵渔获"华语文学传媒大奖·2009 年度诗人奖"的获奖演说，2010 年 4 月 8 日《南方都市报》。

的蝴蝶。这是一个非人的、完全不可理喻的体制，能在这个体制里如鱼得水的家伙都是天才。"①他对于"体制"的拒绝无疑是值得人们深思的，而扔掉这样一个吃饭的"碗"固然不一定意味着道德的高尚，但其立场和勇气的确非常明显地呈现了出来，尤其是在绝大多数人（包括诗人）削尖了脑袋而向既定的现实秩序和观念体系献媚、邀宠、投诚无所不用其极的情况下，其间的对比不能不说意味深长。

《妈妈，您别难过》这首诗大概写于朵渔辞职后不久，他写出了当时内心的挣扎与艰难，具有真实、迫人的力量：

> 秋天了，妈妈
>
> 忙于收获。电话里
>
> 问我是否找到了工作
>
> 我说没有，我还待在家里
>
> 我不知道除此之外
>
> 还能做些什么
>
> 所有的工作，看上去都略带耻辱
>
> 所有的职业，看上去都像一个帮凶

"工作"而成为"耻辱"，"职业"而成为"帮凶"，初听起来或许让人大惑不解，然而仔细想来却又可以理解，在现实复杂

---

① 安琪、朵渔：《我们是天下人，平等的观念与生俱来——第十五届柔刚诗歌奖得主朵渔答诗人安琪问》，《星星·诗歌理论》2010年第10期。

的关系网络面前，"耻辱"与"帮凶"事实上并不稀有，甚至就是一种普遍现象。诗中接着说："妈妈，我回不去了，您别难过/我开始与人为敌，您别难过/我有过一段羞耻的经历，您别难过/他们打我，骂我，让我吞下/体制的碎玻璃，妈妈，您别难过/我看到小丑的脚步踏过尸体，您别难过/他们满腹坏心思在开会，您别难过/我在风中等那送炭的人来/您别难过，妈妈，我终将离开这里"，"您还难过吗？当我不再回头/妈妈，我不再乞怜、求饶/我受苦，我爱，我用您赋予我的良心/说话，妈妈，您高兴吗？"通过对个体现实处境的详细描述，在个体事件中包含、辐射了极为丰富的人生与社会内容。诗的最后以一个个人化的细节结尾，却极具深意："就像当年，外面下着雨/您从织布机上停下来/问我：读到第几课了？/我读到了最后一课，妈妈/我，已从那所学校毕业。"我们看到，"已从那所学校毕业"的朵渔走在了一条更艰难但也更具价值感和可能性的道路上。

长诗《高启武传》在我看来属于那种可遇而不可求的作品，它将个人与社会、过去与现在、诗与史进行了高度的融合，有着极丰富的历史容量与审美内涵。这首诗既写出了个人的悲剧化生存和命运，又折射了数十年民族国家的曲折历史，并通过"我"的视角对之进行了审视与反思，见微知著、鞭辟入里，所以它在近年产生较大的影响是毫不足怪的。《高启武传》全诗分五节，以河堤记、翻身记、粮食记、牛棚记、墓边记为题，选取了爷爷一生中若干重要的节点进行叙述，同时在每节之前有文言序文，这与鲁迅《狂人日记》的文言小序有同工之妙，都具有复调的特征，为作品增加了厚度与张力。其中所写多有让人震惊之处，体现了历史本身的荒诞与残酷。当人性的真实与"阶级"和"乡村政治"遭遇，强弱对比一目了然，"现在，你是在/阶级的边缘，乡村政治的脸/说变就变，你要相信/粮食来自天上，吃饱了饭的人民/是多么的露骨，你要相信/你的小儿子就是喜欢啃树皮/你的大儿子不是水肿是阶级的虚胖/你的老婆子不是不能生她只是/政治性的月经不调/你要相信，所有的铁都属于集体/所有的碗都团结为公社，现在/你要大声赞美那雪白的粮仓/那逃亡的麻雀"，写出了特定时期一个卑微个体的真实处境和扭曲的历史状况，让人触目惊心。在最后一节的《墓边记》中，他如此写爷爷的一生："我说得出口的只是你，草绳的爷爷，黄土里的/咳嗽。今天，我要跪下说，以你爱听的呜咽/说：草民的一生，土坷垃的一生，以及白霜中/干屎的一生；说：梨花的一生，白铁皮的一生/谷仓耗子的一生，补缀的一生"，既有丰富的历史、社会内容，又有丰富的人生内涵、情感容量，引人深思又感人至深。可以说，全诗通过对一个卑微的小人物的书写，同时呈现了数十年来社会、政治的翻云覆雨、波诡云谲，写出了人、人性在重压下的退缩、变异、挣扎，在不经意间呈现了一部"大历史",这是以人为本位的历史,也是被忽略、被遮蔽、被忘却的历史。这首诗还让我们看到,现在的诗歌仍然具有记录历史、反映现实的功能,或者说,诗歌仍然是具有成为"诗史"之可能的。

在朵渔的诗歌中,对意识形态规训的机制与表现有着集中的书写,其中的诸如开会、会议、档案等可以作为"关键词"来进行解读:

> 黄鹂结束了,/蚂蚁在持续。女生结束了,/校长在持续。/我告诫自己:上山/要多走弯路。深山结束了,华南虎/在持续。
>
> ——《多少毒液,如甜品……》

> 冷空气正在北方开着会议,我等着/等着你们给我送来一个最冷的冬天。
>
> ——《冬天来了》

> 啊,校长先生,请为白云另起一个名字。/两个小偷急转身,相互撞伤了头,对视一笑,走开。/我是不是该满面羞红去跟书记认个错?
>
> ——《愤然录》

> 我出借过三十年光阴/五千张纸条,三篇悔过书/

两封告密信//一瓶红墨水。//他们还给我一份/档案：

"该同志……"

——《该同志……》

从这些诗句中我们可以看出，朵渔对现代社会的运作、规训体系非常敏感，他从人们最习以为常、司空见惯的地方，见人所未见，言人所未言。朵渔的诗正是通过这种对寻常事物的重新审视而让人们看到了生活的另一面，对生活中暗藏的关系网络的揭示，对时代精神状况痒处与痛处的触摸，以及对现实生活中所存在的某些不公、不义、不合理的书写，的确说出了时代现实的诸多秘密。这些内容有的是为人所知，但却没有勇气说的，有的则是融入日常生活之中，为人们所习焉不察的。朵渔的诗由于这种对于秘密的言说，而具有了超出风花雪月、寻常日用的意义，体现出当今时代诗歌写作中并不多见的启蒙特征，以及强烈的人文性与批判性。

第三节　直面内心的深渊

如果说外在的世界是一个永远无法穷尽其奥秘的谜的话，每个人的内心世界同样也是深不可测、无法捉摸、不可穷究的，甚至可以说，每个人的内心都是一座深渊。人的内心充满了矛盾、焦虑，总是处在变化、动荡、犹疑、幻灭之中，人的一生其实是在跟自己的较劲、斗争中度过的，每个人的最大敌人正是他自己。当然，不可否认有的人的确显得"通体透明"，似乎全无矛盾与焦虑，但这种情况要么是一种伪饰，是虚假的自欺欺人，要么则是一种回避，是不敢正视自己，不敢与真实的自己交锋，不敢面对内心深处的自己。面对深渊，不同的人有不同的处理方式，有的人小心翼翼、绕道而行，有的人浅尝辄止、退避三舍，还有的人则毫不回避、勇往直前。对以人的精神、灵魂为业的作家、诗人来说，忠实地表达自己的内心是最基本的要求，如果说在古典时代"人"还有着整体性，内心的深渊特征尚不明显的话，那么在现代社会，人的整体性已然失去，个体已然分裂为碎片，此时作家、诗人面对这种深渊处境并由此出发进行思考与写作已经成为一种必然，非如此已经失去了真实性和有效性。在一定意义上说，对"人之死"、对内心深渊处境的应对体现了"现代性"的一个重要特征。在这方面，我们看到，朵渔的诗是直面内心深渊的，他既显示了勇气，也显示了自信与智慧。

直面内心、自我与直面时代、社会其实是统一的，是同一件事的两个方面，说出时代的秘密需要勇气，直面自身的软弱、怯懦、犹疑同样需要勇气；走到社会的对立面显示了个体的独立立场，走到自身的对立面，进行审视与批评同样也显示了不自恋、不伪饰的个性。在朵渔的诗中，自我的形象从来不是"高大全""伟光正"的,而往往是充满了矛盾、疑惑、焦灼、自否的,他的诗往往有一种复杂性、多面性、矛盾性,它并不"提供"答案,不是给出特定的论断,而是引发人的思考,打开问题的可能性。在《最近在干什么——答问》中,他写道:

> 最近在思考。呵呵,有时候也思考
>
> 思考本身。这正是悲哀的源头
>
> 也就是说,我常常迷失于
>
> 自设的棋局
>
> 有时想停下来,将这纷杂的思绪
>
> 灌注进一行诗,只需一行
>
> 轻轻道出——正是这最终之物
>
> 诱惑我为之奔赴。

　　这种"自设的棋局"所显示的正是其内在、自省、反思的特质,它赋予了朵渔诗歌以深度和丰富性。也正因为有了这种过程,那"最终之物"才更可靠、更有价值。在《都不是》中,他列举了种种的"不是",这实际上便是自我怀疑、自我否定、自我批判的一种体现:

> 十月,雨不是。十月不是。我在雨中
>
> 走了很久,那恋人般痛苦的滴落不是。
>
> 早秋不是。鸽子不是。汇进合唱里的尾音

不是。杀手不是。刺客不是。小巷深处的夕照

不是。斧头不是。爱上斧头的镰刀不是。冷

不是。

库存的爱不是。二楼阳台上的孤独不是。微茫

不是。

厌烦不是。雨中的烟花不是。消磨在啤酒桌上的

灰尘

不是。欠债还钱不是。赶鸭子上架也不是。

孤松不是。岸柳不是。康梁不是。帕斯卡尔

不是。

马克思和恩格斯不是。我父亲的烧酒不是。

杜松子酒和朗姆酒不是。你那天向我裸露的性

不是。

乳房不是。大二女生不是。坦诚是好事，但也

不是。

地下电影和战国时代不是。遗忘不是。牛头上

的轭

不是。衣襟上的雪不是。团结不是。…………

这里面，作者一方面是在寻找种种的可能性，而同时又指出了限度，做出了否定性判断。这首诗的最后写道："……文学不是。/包括伟大的文学。稻草不是。内心的平静不是。/通往深山里的拖拉机不是。有一次我在一片林间空

地/发现一束从雾中折射的光,充满了忧伤与宁静,我以为/那就是了,其实也不是。都不是。"作者并没有指出什么"是",这种"是"或许是没有标准答案的,而种种的"不是"显示的则是一种过程,一种态度和立场。

朵渔打开了自我的内心世界,呈现了一个多向度、多层次、有内在复杂性的精神主体。这是一个有勇气,并有持续的自我反思、自我修复能力,因而能够不断抛弃旧我、不断前进的个人主体。这样的主体在当下的语境中似乎是越来越少了,许多人动辄以"老子天下第一"的姿态自居,一味地"一往无前""高歌猛进",孰不知暴露的却是自己的浅薄与无知。朵渔的直面自我同样为他的诗带来了一种沉思、内敛的品质,有内在的张力,有丰富的理解与阐释空间。在《2006年春天的自画像》中,他写道:"我,一个幽闭的天才/从冬季燃尽的烟灰里/爬起来,捞出被悲哀浸泡的心/晾晒。已经/很久了,我习惯于这样/透过一扇窗 看天气/不再咬牙切齿地写诗/诗的虚伪 诗的狭隘/诗的高蹈和无力感/已败坏了我的胃口,让我/想要放弃"。同样的由于这种自我反思,使朵渔在汶川大地震中写下了那首广受好评的《今夜,写诗是轻浮的……》。这首诗最为特殊的地方,在于其跳出了一般的沉溺于悲痛、抒发本能情感的写作路向,没有停留在自我感动、自我安慰的层面,而是更进一步,发出了自我何为、诗歌何为的反思与追问。面对巨大灾难,任何血肉之躯的个体都是渺小、软弱的,这是人、人类无法改变的宿命,而由语言、文字构成的诗歌尤其显得无能、无力,因为它并不能阻止哪怕一块砖石的落下,也不如一片面包、一杯水能够给予生命直接的救济。但是,写出这种悲哀、无助、无力的处境,这本身又是有力量的:

今夜,我必定也是
轻浮的,当我写下
悲伤、眼泪、尸体、血,却写不出
巨石、大地、团结和暴怒!
当我写下语言,却写不出深深的沉默。
今夜,人类的沉痛里
有轻浮的泪,悲哀中有轻浮的甜
今夜,天下写诗的人是轻浮的
轻浮如刽子手,
轻浮如刀笔吏。

这种力量体现在,意识到自身的无能、无力可能恰恰是力量的源泉,正如知晓自身的无知其实是智慧的起点一样。人的宿命在很大程度上便是向死而生、知其不可而为之,这种清醒的自我反思、自我意识体现的正是人类的可贵、伟大之处。

由这样的沉思、审视出发,无论是对于时代状况还是自身、自我,往往能够有独特的发现,有着善思、冷峻、自省的品质。比如《论我们现在的状况》中说:"是这样:有人仅余残喘,有人输掉青春。/道理太多,我们常被自己问得哑口无言。//将词献祭给斧头,让它锻打成一排排钉子。/或在我们闪耀着耻辱的瞳孔里,黑暗繁殖。//末日,没有末日,因为压根儿就没有审判。/世界是一个矢量,时间驾着我们去远方。//自由,也没有自由,绳子兴奋地寻找着一颗颗/可以系牢的头,柏油路面耸起如一只兽的肩胛。//爱只是一个偶念,如谄媚者门牙上的闪光。/再没有故乡可埋人,多好,我们死在空气里。"其中所写是高度凝练、概括的,包含了对时代社会、对公共生活内在机理的揭示,对公众精神与心理状况的分析,具有极为丰富的内涵,引人深思。而《我时常责备自己》则主要的是直面自我、直面内心的:"我时常责备自己。这么多年,一直/颗粒无收地待在家里,读书,写字/没撒下过一粒种子,耕种过一分田/而此刻,母亲正在家中收割麦子/这么多年,她一直没有离开过土地/该感谢谁呢,她虽辛苦却也身心康健/该感谢谁呢,她耕种了一生的土地/至今没有主人。我也是一个无地的人/只有几本书,一支笔,像母亲那样/一把锄,一张犁,也不让人生荒芜/该感谢谁呢,让鹰有食,鸟有食/也会让歉于收成的诗人有食吃"——

我不知道从现在开始责备自己

是否还来得及？你已经四十岁了

该回到一种真实无邪的生活里去了

现在,你写下的每一个句子都是

诚实的吗？要诚实。更要仁慈

想想当年,一棵榆树救活了多少人

去哭吧,不用担心痛苦会变甜

掩耳,也不必担心哭声传太远。

这首诗从个人的生活状态和母亲的生活状态写起,包含了复杂的人生况味。又从母亲的劳作写到了自己的文字上的劳作,涉及到"诚实"与"仁慈"的命题,包含了真诚、自省的品质。

朵渔有诗《说耻》,这里的"耻"主要的是反躬自身之后对自我限度的认知以及对世界、外物所采取的一种更为理性、积极、客观的态度。诗中说:"今人诗有三病:不诚实,不真实,不老实/饭碗里没有羞耻,辞受间全是政治。//有人在修辞上撒谎,有人往泪水里加盐/一个流氓因自鸣得意而结结巴巴。//子虚,亡是公,乌有先生,虚荣的力量/如此强大,唯羞耻可与之对抗一阵。""作诗但求好句,已落下乘,/做人若只做个文人,便无足观。"其中包含了对虚无、对虚荣、对绝望的反抗,如此的主体是更为理性、现代同时也更为包容、强大的。与此类似,朵渔的诗学随笔《羞耻的诗学》中说:"我认为'羞耻'也可以规范一个诗人,我愿意修行一种'羞耻的诗学'。知耻,方有勇,方可与虚荣对抗一阵。生而为人即知耻,生而为国人就更应知耻,生而为诗人那就是耻上加耻。"①这种羞耻感,给了朵渔以勇气,也给了他以智慧,使得他无论在面对时代、面对庞然大物时,还是面对自己、面对晦暗幽深的内心时,都始终保持着清醒的立场,并且具有了强大、源源不断、生生不息的力量。这种羞耻感于诗人而言是一种自我要求和自我修养,于诗歌而言则体现了一种写作的动力和伦理。

第四节　诗学追求与探索的移步换形

朵渔是"70后"诗人群体里少有的有自己独特的诗学立场和完整的知识谱系的诗人,这得益于他清醒的自我启蒙、自我反思和强烈的自律意识。到目前为止约二十年的诗歌创作中,他已实现了数度的转变和移步换形,其诗歌创作和诗学追求有很多变化,且在不同的时期均有着实际的意义并产生着较大的影响,这殊为不易。就其诗学探索而言,朵渔是这一代诗人中并不多的有着理论兴趣和理论发言能力的诗人,他的诗论文章与他的诗歌作品互相辉映、互相发明,有着一定的互文性,是真正言为心声、有的放矢的

① 朵渔:《羞耻的诗学》,《诗探索》理论卷 2011 年第 3 辑。

文字。"诗"与"文"并重,"两条腿走路"对于朵渔其人其诗的成长、变化均有重要意义,促成了一位综合性、全能型、有着良好耐力和可持续性的诗人的诞生。他的诗学主张、诗学探索与他的诗歌创作委实有着极为密切的关系,值得认真的观照与考辨。

近年,朵渔开始回溯自己的诗歌道路,指出有若干关键词:"写诗这么些年,我相继践行过一种肉身的诗学,一种批判的诗学,一种羞耻的诗学。变来变去,其实你永远都跳不出自己的手掌心,你一生都只是在完成一个自己而已。"①在另外的访谈中,他对此稍展开论述道:"肉身的诗学大概就是我的'下半身'时期吧,这种写作实践帮助我打开了肉身的参与;'批判的诗学'是对现实的关注,以及以史入诗的尝试,曾得到过一些认可,这让我心生警惕;'羞耻的诗学'是对儒家诗学的一种体认,是对传统的致敬。在这个过程中,生、死、爱、欲成为我不同阶段的诗歌主题。现在我考虑更多的是'信',既是形而上的,也是对这个世界的肯定。"②这里面朵渔对自己的诗歌追求和诗学探索的

① 朵渔:《一个人去写诗——首届"《诗建设》诗歌奖"获奖感言》,2013 年11 月,见朵渔《我悲哀地望着我们这一代人》,中国人民大学出版社2016 年版,第 324 页。

② 朵渔、汪小玲:《自我体制化,才是最可怕的——朵渔访谈》,访谈时间为2014 年 9 月 11 日。见朵渔《我悲哀地望着我们这一代人》,中国人民大学出版社 2016 年版,第 380—381 页、385 页。

概括是准确的,也的确可以说明很多问题。对朵渔而言,他早期(主要是"下半身"时期及此后几年)的诗歌追求的确可用"肉身的诗学"来描述。"肉身"一定程度上亦可用"身体"替代,身体代表了感性、欲望,它指向的是一种更为丰饶、丰富、自由、自主、反规制的身体状况,它自然包含了反抗、对抗的内涵。故而,从"肉身的诗学"到"反抗的诗学"是有其内在原因同时也是自然而然的。朵渔曾在文章中谈到了"下半身"之为"行动的诗学"和"反抗的诗学"的内涵:"我理解的'下半身'在思想上是一种冒犯,在写作上是一种冒险,在精神上是一种自由。它反对一切不自由,反对一切教条、规矩、说法、主义,它很可能还会反对它自己。在此意义上,'下半身'就是'先锋'的一个极端代名词。""我在'下半身'运动之初曾提出'下半身'是一种'行动的诗学',现在我更愿意将其视为一种'反抗的诗学'。在'反抗'的意义上,'下半身'理念依然是有效的。让写作与自己的身体发生关系,它更容易保持一种人性、现实感和常识感。很多没有身体参与的写作其实是在与词语交媾,美其名曰'语言的炼金术',他炼出了什么连他自己都不知道。"[1]这实际上将朵渔两个阶段写作的关键词"肉身"与"反抗"进行了连接,同时也道出了朵渔写作虽然有阶段性

---

[1]　朵渔:《羞耻的诗学——关于"新世纪十年诗歌"的个人印象记》,《生活在细节中》,花城出版社 2014 年版,第 184—185 页、185—186 页。

的区分，但其内在仍然是有连续性的，是一以贯之的。

"反抗的诗学"阶段于朵渔诗歌大致在 2000 年代的后半段以及 2010 年代的初期，其指向的是外向性的时代、现实、社会，这实际上是身体的反抗意志发展和扩大的必然结果，也是对文学发挥社会功用、"文学为人生"传统的呼应。"反抗的诗学"阶段从自我的身体、肉身出发，扩充而具有更为明显的外在关切、社会关怀，更具力量感，更重价值和意义维度。朵渔这一时期的诗歌主要是"向外"的，关注社会、时代、现实，关注人与人之间的关系，同时也较为明显地体现出知识分子的特质。朵渔大学毕业后也曾在公职单位供职数年，但他的独立个性品质显然与"集体"和"单位"并不完全合拍，而是有着一定的紧张关系，在经过几年之后其间的矛盾和龃龉越来越多，终于导致两者之间的决裂。在此后他接受访谈时谈到了对于"体制"和"单位"的评价，指出自己的辞职"不是反抗体制，是选择一种生活方式。你说得对，体制无所不在，我们无往而不在罗网之中。我现在是无视它，它既不是对立面，也不是生存背景。我选择一种自认为自由的、有价值的生活方式，不奉陪了。从肉体的意义讲，人生苦短，但在精神和信仰上，人可以将自己的生命无限拉长。体制不仅仅是一种外在的制度形式，更是一种被规约的心灵机制和生存模式。心灵不自由，自我体制化，这才是最可怕的。你不必去反抗它，当你选择了一种符合自我心性的自由生活时,你已经成了它的敌人。当我还在过一种集体生活时,我看到的通常只有几十个人,而我离开单位,我觉得我拥有了全世界。"①的确,朵渔正是从这种对于"符合自我心性的自由生活"的追求出发,不但与其单位生活产生了对抗性关系,同时与其所生活的时代、现实也具有着某种对抗性、紧张性关系,从而产生了其"对抗的诗学"。这里面的"对抗"并不仅仅是字面意义上的对峙、反抗、批判,而更重要的是个人的独立立场,是作为个人、个体而并不依附、从属于某种更为庞大之物的意志与勇气。这一阶段朵渔的诗歌更注重社会性、功用性,更为注重诗歌的力量,其作品内部同样充满紧张感,有与时代现实的正面遭际和冷眼旁观,也有对历史的重新打量与再度敞开,总体而言体现着比较明显的批判性,凸显的是对更好的公共生活、社会生活以及个人生活的想象和追求。这一时期的作品既有社会意义,同时具有人文内涵,产生了巨大的影响。

而作为一位有着严肃追求和极高的自我要求的写作者,朵渔显然也是对此有反思的,他同时在进行着自我内部的革命和自我变法。大致说来,此后的朵渔发生了一次

---

① 朵渔、汪小玲:《自我体制化,才是最可怕的——朵渔访谈》,访谈时间为2014 年 9 月 11 日。见朵渔《我悲哀地望着我们这一代人》,中国人民大学出版社 2016 年版,第 380—381 页、385 页。

"向内转"的变化,他仍然在"反抗",但他的"反抗"主要地不再是向外的而是向内的,是面对自我、面对内心,由此而产生的是"羞耻的诗学"。"羞耻的诗学"一定意义上是向传统的敞开,同时也是进一步的自律和自我的丰富。从"对抗"到"羞耻"的转变对于朵渔而言同样是意义重大的,是对外向性、紧张感的诗学追求可能的缺乏弹性、单一化单极化发展的一种自我规避和有意识纠正。这一时期朵渔的诗歌更具智性、深度,更富思想性、反思性,精神容量更大,具有更为明显的文人特征。他的作品更多的是向内的,是"反躬自省"的,是对生活、世界和内心复杂性的进一步敞开,这体现了一位现代知识分子的成长,同时在某种程度上也体现了一定的传统和保守特征。从"激进"到"保守"的这种转变于朵渔而言是具有重要意义的,使他成为了一个具有更大体量、复杂性和综合性的诗人。"羞耻的诗学"既是向内、对自我的审视,同时也是时间之轴上向古代、向传统的再度体认与观照。在这其中,"故乡"既有一定的现实意义,同时也有一定的象征意义。朵渔在接受访谈时曾如此谈到故乡:"我出生在鲁西南平原上的一个小乡村。那地方处于鲁宋之间,南面庄子,北面孔子,乡饮酒、乡祭祀之古礼繁盛。我的家族背景就是面朝黄土背朝天,上推九代大概都没出过一个秀才。什么叫底层?土里生土里长,土里刨食,最后再埋进土里,这就是不能再低的底层。影响了我成长的人很多,几乎每个乡民对我都是一种教育。我记得村上一个卖针头线脑的老太太见到我就喊我'大学生',那时我还在村头上小学,对大学从来不存奢望。后来真的读了大学,我觉得是那位老妇冥冥中在施一种魔法。我爷爷辈是亲哥俩,少小失怙,受过不少苦。爷爷善良温和,做过很多年饲养员,是位好把式;大爷爷是乡村屠户,整天杀猪宰羊,大奶奶就跟在后面烧香拜佛。我经常像只小狗一样到他那里去啃骨头,卧在他的灶头等骨头煮熟。我的童年很多时候是在牛棚和麦田里度过的,贫瘠但快乐。""有故乡的人是幸运的,因为他拥有两条命。我并不是唯一出来读大学的人,而是最早出来读大学的人。如果体制仍然铁板一块,一个底层人的上升之途几无可能。"①故乡给了朵渔真切的现实感和丰富的现实体验,同时也给了他朴素意义上颇具古风的传统文化的浸润和教育,这作为一种底色成为其精神世界中重要的、基础性的存在。在此后,经由对西方与中国、传统与现代诸种文化的广泛涉猎与潜心研读,他对于文化传统必然有着深入的理解和体认,对于传统文化中的精华与糟粕也有着自己的判断和抉择,这些必然都会在他的诗歌创作和诗学追求中体现出来。此外,关于

---

① 朵渔、王西平:《朵渔,有故乡的人》,访谈时间为 2010 年 4 月。见朵渔《我悲哀地望着我们这一代人》,中国人民大学出版社 2016 年版,第 350—351 页。

道德与审美,朵渔有着较为辩证、不偏不倚的理解:"道德压倒审美,会导致集体主义的义愤感;而审美压倒道德,则会使诗人从时代的现场中消失,成为不义的一群。诗人作为独立的审美的个体,既不同于一般意义上的知识分子,也不必自诩为'比你较为神圣'的一群,诗人必须不断自问:如何表达现代性,如何从精神上把握这个时代,并在诗歌上开创一个黄金时代?除了审美之维外,还有伦理之维,诗人必须回到时代的现场中,而不是自我边缘化,才不会成为思想史上的失踪者;诗人必须领受一项道德义务——去感受自我和其他所有人之间的'团结感',在有限之中而与无限相关联。"[1]他的写作正是在道德与审美之间深入思考、全面考量而进行的,在某一时期或者偏重于某一方面,但后面必定有对之的审视、自省,必定有不同方向上的艺术探索,如此而实现的是艺术上的螺旋上升和整体的平衡。

肉身的诗学、对抗的诗学、羞耻的诗学,一定程度上确可代表朵渔到目前为止诗学追求和探索的转变。但是,显然朵渔是一个具有高度艺术自觉和丰富创造力的诗人,上述的概念并不能代表其全部的诗学追求和诗歌特质,而且未来的他肯定还会有新的变化。他已然取得了重要的成绩达到了相当的水准,但或许,这一切都还只是未来的准备。

① 朵渔:《诗人不应成为思想史上的失踪者》,《诗歌月刊》2009 年第 2 期。

他是有着持续写作和持续自我变法能力的诗人,他未来有新的变化并不令人意外,相反如果就此一成不变反而是出人意料的,他诗学探索的未来变化仍然值得期待。

第五节 "民间知识分子写作"的立场

在当今中国的现实语境中,诗人的身份或立场并非是一个不重要的问题,以何种姿态面对世界、面对生活,往往制约甚至决定了其写作的价值与意义。在这其中朵渔所提出的"民间知识分子写作"的说法很有深意,颇值得分析。在一次访谈中,朵渔说:"在'民间'和'知识分子'最为对立的那两年,有人问我属于哪一派,我说我是'民间知识分子写作'。"①在接受笔者的访谈时,他也谈到了关于"民间知识分子"的自我定位:"诗人是一种特殊的知识分子,它不是通常意义上的那种公共知识分子。但我觉得诗人不妨在诗人角色之外去做一个公共知识分子,尤其是在这样一种体制环境下写作,做一个知识分子诗人是一种道德职责。我是有这样的追求的,我相信很多诗人也有这样的追求。我自己的定位就是民间知识分子写作。"②在我看来,"民间

---

① 安琪、朵渔:《我们是天下人,平等的观念与生俱来——第十五届柔刚诗歌奖得主朵渔答诗人安琪问》,《星星·诗歌理论》2010 年第 10 期。

② 王士强、朵渔:《朵渔访谈:"其实,你的人生是被设计的"》,曾刊《新文学评论》2012 年第 3 期。

知识分子"确可代表诗人朵渔的身份与立场,体现了他的自觉追求。

"民间"与"知识分子"之所以在 1990 年代的诗歌界成为两个对立的概念,实际上是一种历史的误会,它主要的并非源于价值立场、美学取向的不同,而更多的是由于两拨人之间话语权力的争夺和具体人事的矛盾纠葛。究其实,这两者并不应该是对立的,很多方面甚至还是统一的,比如,民间能够为知识分子提供安身立命的所在,而很多的知识分子不但身处民间,其价值立场也是民间的、独立的,等等。"民间"一般而言与"官方""体制""权力"相对,它是一种拒绝宰制的自由、自主的空间,具有如韩东所论述的独立精神与自由创造品质①。真正的诗人应该具有民间立场,或者说应该是有民间性的,只有如此他才能尽可能避开权力的笼罩与异化,与之保持距离,对之进行审视;也才能具有悲悯之心、温润之爱,写出具有生命力、为社会大众所接受的作品。另一方面,则是"知识分子"的问题。如萨义德所指出的,"知识分子是具有能力'向(to)'公众以及'为(for)'公众来代表、具现、表明讯息、观点、态度、哲学或意见的个人。"②严格意义上的知识分子应该是代表公众说话

---

① 参见韩东:《论民间》,《芙蓉》2000 年第 1 期。
② 萨义德:《知识分子论》,单德兴译,生活·读书·新知三联书店 2002 年版,第 16—17 页。

的人,或者说是代表公众而向权势、权力叫板的人,他是社会的一种纠偏、校正的力量,是社会的良心。诗人与知识分子之间是一种独特而微妙的关系,有的诗人身上知识分子的特征较为明显,有的诗人则并不明显。但总的说来,诗人至少不应该拒绝知识分子的属性,这种属性在我看来最重要的是一种"公共性",也就是说,他代表着社会的良心,应该站在广义的"人"的立场上来思考问题,应该代表"每个人"来说话,而不是囿于一己之私自说自话。这一点正如朵渔自己所说:"我尊重同行们的各种创造。但我觉得,只要在这个时代还有那么多苦难和不公,还有那么多深渊和陷溺……那么,诗人的任何轻浮的言说、犬儒式的逃避、花前月下的浅唱低吟,就是一件值得羞耻的事情。"①这种"公共性"无论对于诗人还是对于知识分子来说都是共同的。诗人身上的"知识分子性"其实是对其写作品质与意义的一种保障与提升,如评论家张清华所指出的:"(我)认同和赞美诗歌对一个时代、一个民族的精神与道义承担,因为诗人就其本质而言,就是一个民族最核心的知识分子——中国古代知识分子的角色和精神,主要即是由诗人来担当的。不论他是用口语还是雅语,住在京城还是外省,显赫于世还是流落民间,我们需要和看重的是他身上的'知识分子

---

① 朵渔获"华语文学传媒大奖·2009 年度诗人奖"的获奖演说,2010 年 4 月 8 日《南方都市报》。

性'，而不是他的外表身份。"①实际上，在当今情况下，许多体制内的知识分子已经丢失了知识分子的精神与灵魂，要么成为了权力体制的一部分，成为同谋、既得利益者；要么攀权附贵、卑躬屈膝、歌舞升平，成了犬儒、帮闲。真正的知识分子虽未绝迹但确实已成"珍稀动物"，在当下的中国其实更有必要追问："知识分子都到哪里去了？"（弗兰克·富里迪语）在这样的情况下，朵渔民间知识分子的选择，便不能不令人钦佩了。"民间知识分子写作"是朵渔对于自身的清醒的定位，同时也是一种自我要求，这一身份认同或许显得有些另类，但实际上本应属于写作的"常识"，这一道路肯定不无艰难、不会平坦，但却前途远大，昭示了一种全新的可能。

这种"民间知识分子写作"的自觉追求与身份特征，也赋予了朵渔一些与众不同的特质：比如，他可能比许多的知识分子更像一位真正的知识分子，他也比一些学者、评论家更为接近真正意义上的学者、评论家，此外，他可能还是一位当今时代已经稀有的思想者、思考者，一位勇者、斗士……他的精神疆域之丰厚、深沉、高迈，他的精神自省与持续成长，他的勇毅与坚韧，不但在当今的诗人中是特别

---

① 张清华：《价值分裂与美学对峙——世纪之交以来诗歌流向的几个问题》，《文艺研究》2007 年第 9 期。

的，在当今的知识界也是有着特殊意义和代表性的。诗歌写作成就的高下，归根结底还是诗人人格、境界、视野、胸怀的比拼，与此相比，诗歌的技艺、修辞、语言方式、美学风格，虽然必要，但其实是基础性、低层级的，无关大道。诗歌，归根结底是与价值观、思想观念相关联的，否则，至少其意义不大。朵渔的写作一直是有其自我定位和独特追求的，价值观的问题其实是朵渔写作中最具价值和意义的核心问题。

朵渔谐音"多余"，据说这是其被选作笔名的原因。朵渔大概很早就知悉了人的悲剧性命运以及诗歌写作的限度，他痛感人之生存是多余的、诗歌也是多余的，因而用了这样一个事实上不无沉重意味的名字来命名作为诗人的自己。"多余"作为对世界、对人生的一种描述，很有概括力，于当今越来越小众、成为一种"秘密交流"的诗歌而言，似乎尤甚。从这个角度来说，诗人朵渔从一开始便知其不可而为之，其对"多余"的指认恰恰也是对于"多余"的反抗，其中包含了犹疑，同时也包含了勇气。此种情形，让人想起鲁迅的诗句"寂寞新文苑，平安旧战场。两间余一卒，荷戟独彷徨。"在我看来，作为诗人的朵渔所面临的处境也与此相似，他站在"无物之阵"，踌躇满志，却又四顾茫然，他以手中的笔作为战斗的武器，却又深知这一战斗本身毫无胜利可言。"荷戟独彷徨"的多余者显示了一位彷徨者、犹疑者的形象，同时也包含了呐喊、战斗的成分，实际上更是一位勇者、战斗者。朵渔的诗歌是有重量的，这种重量，使他没有轻飘飘地随风摇摆、不知所踪，而是使他立足大地、直面现实，同时真正具有了飞翔、超越的力量。这是一个"大时代"借诗人之笔的沉重发声，是一个有尊严的灵魂的挣扎与呐喊，更是一位勇者的自我担当与顽强奋斗。

后　记

　　我在 2009 年夏博士毕业到天津社科院文学所工作，在此之前，我并未想到会与天津这座城市发生密切的关联。而今，忽然之间，十年已经过去，彼时的我尚未结婚，而今已是一位小学二年级学生的父亲，我也从一无所有、唯有想象的青年来到了"一地鸡毛"、一声叹息的中年。这种"叹息"并不是因为具体的人与事，而是因为时间本身，因为岁月在身体上所刻下的印痕，因为人生的多艰与无常。如果把从学校毕业、进入单位从事研究工作看做学术生涯起点的话，到现在正是十年，值得庆幸的是自己在从事着自己诗歌研究的"专业"——这不无寂寞也不无喧嚣，但总体来说无疑是处于社会之边缘的领域。这十年是我与当代诗歌现场近距离接触的十年，使我对这一场域有了较多的接触、理解与认同。我对当代诗歌的作用或许微不足道，但是当代诗歌对我确有着不可替代的作用，构成了生命中重要的、不可或缺的部分。诗歌关乎精神,关乎审美,关乎价值观和生活方式,与诗结伴,在当今这个物质时代或许难免有自外于潮流的孤独,却也可以收获精神的自足与丰富,其中甘苦,如鱼饮水,冷暖自知。而我深知,与诗歌的这种关联,已轻易断绝不了,这里面有偶然因素的作用,却也有不可解释的、宿命般的必然。对此,与其纠结、困惑,不如甘之若饴。这本书,便是我与天津这座城市、这个地域,与天津的当代诗歌之间十年交往历程的一个侧影和见证。

本书通过典型个案观照天津当代诗歌,选取新中国成立以来五位天津当代诗人鲁藜、穆旦、伊蕾、徐江、朵渔为研究对象。他们中有的早已去世,有的尚且年轻,但他们的创作均达到了一定的高度,具有了较大的影响,能够在某些方面代表中国新诗的成就,在我看来,他们之已经进入诗歌史或者将会进入诗歌史乃是一种必然。他们的创作各有不同,如群峰并峙,各有千秋,但如果整体性地观之,却也能够从五人的创作中见出一条史的线索,见出当代诗歌美学的更替与嬗变。比如这其中诗歌的革命性、人民性,现代主义诗歌由隐秘到发扬光大,女性诗歌写作合法性的建立与突围,诗歌现代性的推进,口语诗歌与民间立场,诗歌写作的知识分子性等等,中国当代诗歌之演进由此可见一斑。客观地说,这五位诗人的风格取向颇多扞格之处,甚至互相"打架",彼此之间可能互相不以为然,现实之中他们甚至可能冷眼相对、路人相向,但另一方面,这并不妨碍他们在某些时间、某些领域做出的事情代表了新诗发展的成就和高度,拓展了新诗的边界和内涵;并不妨碍他们并置于未来的某部诗歌史著作中,构成潜在的对话关系。这五人中,余生也晚,无缘得见鲁藜、穆旦两位先生,只能在文字中与他们的人生、他们的作品相遇;与另外三位诗人则均有缘得见。其中朵渔是"70后",算得上是同代人;徐江是"60后",年龄相差也不是太大,与这两位有着较多的交往,诗歌观念方面有时心有戚戚有时不尽相同,但交流均是坦诚而愉快的,受益颇多。伊蕾出生于1950年代初,从年龄来说应该属于长辈,但生活中的她给人的感觉一直是一位温厚、诚恳、友善的大姐,让人忽视她的年龄,与她不多的几次交往给我留下了非常美好、深刻的印象。也已经约好与她进行一次诗歌的访谈,她在宋庄住,她说随时欢迎你来。但在内心我并不觉得是一件紧迫的事情,因为来日方长,随时都可以找伊蕾大姐去谈。如此便一拖再拖,延宕了下去。今年春夏之交,准备将这本书整理出来,又重新读了伊蕾的作品,做了资料方面的准备,列了访谈提纲,准备去进行对伊蕾的访谈。孰料,时间不长,却传来伊蕾在冰岛旅行期间因心脏病突发去世的消息。悔之晚矣!不过,或可宽慰自己的是,不完美本就是人生常态,有没有这个访谈对于伊蕾来说或许并不重要,更不会影响到她的诗歌史位置和影响。

伊蕾是真正将诗意践行到人生中，将"诗"与"人"合而为一的那种人，愿她安息！进行本书写作的过程，实际上也是我向天津的当代诗歌，尤其是这五位诗人学习和致敬的过程，他们的人生与作品在一定程度上对我构成了影响、照耀、指引，我需要感谢这五位诗歌界的"大佬"，感谢与他们相遇和交流的机缘，与有荣焉！当然作为研究者，我也进行了有距离的审视、反思、商榷，有的观点或许还不无尖锐，但这一切均出自公心，绝无个人目的。

本书是在本人主持的天津市哲学社会科学研究规划项目"天津当代诗歌论"（编号 TJZW11-003）的基础上修改、增补而成的，并得到了天津社会科学院学术著作出版补贴项目和天津市宣传文化"五个一批"人才建设项目资助，特此致谢！从项目开展到现在已历数年，但因个人的杂事缠绕等原因，书稿有的地方还比较粗糙，留有诸多遗憾，也定有不确、不当之处，请有识之士批评指正！

感谢人民文学出版社接纳这样一本注定产生不了什么"经济效益"的书。人民文学出版社一代代的领导和编辑持之以恒的专业态度、人文情怀，使得这家文学类"皇家出版社"的传统在延续、发展，让人尊敬。人文社的精神在我看来便是真正的人文精神，在当今这个消费时代他们不可能不面临冲击，而重要的是他们在坚持。这样的坚持对于文学、对于读书人而言，堪称幸事。尤其要感谢陈建宾兄和责编于敏,没有二位的心血和努力,这本书不可能以如此的面貌和速度面世,谢谢你们的热情、严谨与耐心!

感谢我的工作单位天津社会科学院。大环境重要,小环境同样重要甚至更为重要,因为它跟个人的关系要更为直接和密切。天津社科院和文学研究所便构成了一个让人舒心、安心的小环境,成为这个集体中的一员我很高兴。感谢我的家人,感谢我们的相伴,感谢彼此的扶助、理解与宽容。

人到中年,不忍回首,曾经期待中的自己遍寻不着,却似乎离自己反对和不齿的形象越来越近。诗人北岛在忆旧的文字中说:"那时我们有梦,关于文学,关于爱情,关于穿越世界的旅行。如今我们深夜饮酒,杯子碰到一起,都是梦破碎的声音。"现代语境中,理想与现实、欲求与满足之间的矛盾冲突,无处不在、无时不有,"梦"的破碎无可避免,这已成为现代人生存的前置性情境,是起点而非终点。梦破碎而依然有梦,知其不可而为之,反抗绝望,或许正是人之为人的荣光所在。或许我们成不了我们曾经想成为的那个人,但至少可以离自己曾经讨厌的那个人远一点,至少可以有所坚持,有所为,有所不为。以此自勉!

2019 年春